LILLA DU
OCH
JÄVLA JAG

LILLA DU OCH JÄVLA JAG

Roman

Johan Wensheim

FISCHER & CO

Fischer & Co
Näs Gård
762 93 Rimbo
www.fischer-co.se

Omslag: Sara R. Acedo
Grafisk form: Gyllene Snittet
Tryck: ScandBook AB, Falun 2006

ISBN-10: 91-85183-31-8
ISBN-13: 978-91-85183-31-9

Vem är hon?

DU ÄR EN AV DE MÄNNISKOR som jag alltid kommer att *känna av.*

Oavsett om jag träffar dig igen eller inte, ligger du ständigt latent i hjärnan, redo att påverka mig när som helst. Och jag är stolt över att få ha varit med om dig, att jag en gång i livet har blivit så utvald, så uppställd på en piedestal.

Men jag skulle inte göra om det.

Jag tror inte det.

Det var så jävla intensivt när det pågick.

Och bara att minnas allt som hände blir liksom en ansträngande process. Jag *får* inte tänka på enstaka saker, nej allting måste fram, allt på samma gång, bara sprutas in i hjärnan och det blixtrar hela tiden, det slår omkring sig, det attackerar, ja hela Thora Wall fullkomligen *rasar* ner över mig …

”Sluta!” skriker jag. ”Det är för intensivt! För jävla mycket!”

Och sen är allting bara borta.

Det är tomt.

Precis som när jag bara kände till ditt namn och just inget mer. Så som det en gång började. När jag var en rätt smal kille på 24 år som jobbade på Konsum varannan helg, och fortfarande bodde hemma hos mina föräldrar. När rastlöshet och allmän ångest inför framtiden blandades med klagomål på att jag drack för mycket, samt betedde mig för mycket likt en tonåring på alla sätt. Vilket också stämde, i sinnet var jag bara omkring sexton och mina föräldrar bekymrade sig över denna expressiva omognad.

Och det var just då, mitt i detta överspända, som du blev en fixering.

Jag blev besatt, och det berodde först på något som TV-journalisten Elisabet Höglund hade sagt. Omedvetet hade hon tänt gnistan.

Det var nämligen så att jag intervjuade henne den där förbannade hösten.

Intervjun skulle bli min examensuppgift för en kurs i journalistik, vilken jag hade anmält mig till för att fördriva tiden. Ett desperat grepp och satans dyr var den också.

Men själva samtalet med Höglund gick bra. Hon skämtade och gav gedigna svar på allt, utom när det blev för privat. Då sa hon ifrån, vänligt men bestämt. Speciellt angående frågan om hur hon hade träffat sin man och där märkte jag hur konversationen blev hackig. Hon ville inte svara på det.

”Jag tycker att det saknar intressevärde, hela intervjun blir så tafflig om jag ska svara på sånt?”

En viss antiklimax infann sig här förstås. Jag hade hoppats på något smaskigt, men nej, absolut inte. Ändå var jag ju liksom tvungen att sitta kvar, jag kunde inte bara säga ”nähä, tack och hej” och gå därifrån. Snabbt kikade jag i mitt block och bytte till den mindre laddade frågan:

”Vad gör du på fritiden då?”

”Ja, jag läser väldigt mycket, mycket historiska romaner faktiskt.”

Inom denna genre kunde jag absolut noll, så jag utvecklade i annan riktning:

”Jaha, men du läser inte andra böcker då, som till exempel skräck, typ Stephen King, eller deckare, Jan Guillou eller Henning Mankell kanske?”

Och det var då hon sa det där om henne. Om dig.

Det där som jag hakade upp mig på, som fan.

”Nja, inte så värst mycket skönlitterärt, men om jag skulle, så läser jag ju mycket hellre till exempel Thora Ekman än Thora Wall.”

Jag hade ingen aning om varför Elisabet Höglund avfärdade just dig med ett så stadigt tonläge, men på kursen hade jag lärt mig att man ska säga varför då, varför då, varför då, konstant under hela intervjun:

”Finns det något speciellt skäl till varför du inte gilla … eh … Thora Walls böcker?”

”Ja … jag tycker helt enkelt att hon är för öppen om sitt privatliv och jag har svårt att se vad andra har för … eller … varför det skulle vara intressant va? Förstår du?”

”Hm, ok”, svarade jag snabbt och låtsades leta efter nästa fråga. Fan också att jag inte hade läst något av den där Wall, men hur skulle jag ha kunnat veta om detta? Samtidigt ville jag inte låta ämnet bara passera, det gjorde uppenbarligen Höglund mer spontan. Lite mer ansträngd också, hon hade tydligen inte svarat på sånt här tidigare.

”Kan du ge något exempel på vad du inte gillar i hennes böcker då?” började jag sådär på spänn:

”Ja, (stön) nu har jag ju inte läst hennes böcker sådär va, men hon kan säkert skriva bra, det är inte det jag menar utan som jag sa … just innehållet. Hon skriver ju mycket om sitt sexliv, jag menar, det är ju känt nu och sånt förstår jag inte varför man vill ge ut i bokform.”

”Jaså, ok. Men … har hon haft sex med många eller?”

”Du, det där kan inte jag svara på, men det var väl inte riktigt därför du ville intervjua mig, eller?”

Nu hade Elisabet Höglund laborerat tillräckligt kring ämnet Thora Wall, det hördes. Själv hade jag sjunkit för långt ner i soffan, medan mitt intervjuobjekt satt liksom obekvämt på kanten.

Jag fick bryta där och istället fråga om hennes favoritmat. Höglunds alltså.

Intervjun var klar och jag tackade för mig. Men jag kunde inte släppa det där om *henne*. Det forcerade tonfallet som Höglund hade haft, och så den tydliga distanseringen *ifrån*.

På tunnelbanan plockar jag fram ett par hörlurar ur min ryggsäck och pluggar in dem i kassettbandspelaren. Spolar tillbaka och sen fram, spolar fram igen, stoppar - och där.

Där börjar hon om henne.

Och jag upptäcker att Höglund säger något snabbt, *precis* när hon förstått att jag inte tänker pressa henne mer. Sådär i periferin, utan skärpa. Som att hon i alla fall vill ge mig något, som ungefär plåster på såren.

"Sen tycker jag att Thora Wall har gått för långt, hon är för mycket, det är liksom ..." (här blir det sluddrigt och för tyst. Jag spolar tillbaka.) Men fan, det går ju inte att höra, hon pratar för snabbt och tunnelbanan är för högljudd. Kan det vara "nödvändigt" hon säger? Att Thora Wall är för mycket, det är liksom *mer än nödvändigt.*

Jag stänger av bandspelaren och ser ut mot det svarta i tunneln. Ser på mig själv.

En kille som är rätt nöjd med livet, bara han inte tänker på det för mycket.

Men den där författarinnan. Att hon bara är sådär onödigt för mycket.

När jag kom hem den kvällen var mina föräldrar förstås nyfikna på hur det hade gått för deras lille journalist. Jag stannade till i dörrposten till köket. Där satt pappa vid köksbordet och vek ihop tidningar som han sen stoppade ner i en papperspåse bredvid sig och mamma hackade lök med hjälp av mixern. Alltså lät det ganska mycket även här men pappa överröstade:

”Jaha? Hur gick det nu med Elisabet Höglund?”

Mamma gav mig en hastig men förhoppningsfull blick. Vad hade hennes Jonas skapat idag, måhända? Något som kunde ge ett jobb, förhoppningsvis.

”Jo”, hojtade jag, ”det gick väl ok, liksom.”

Men det var omöjligt att föra samtal över ljudet av mixern, som dessutom var halvt trasig. Mamma stängde av apparaten och tog en paus. Jag började direkt:

”Alltså, du vet den där författarinnan, eh … Thora Wall?”

”Ja”, sa mamma förvånat. ”Vad är det med henne?”

”Alltså, vad är hon känd för egentligen?”

”*Thora Wall?*” Pappa hann först. Han reste sig och gick mot diskbänken:

”Ja, hon är ju en känd journalist och författare. Hur så då?”

Han skrattade lite på rösten.

”Pratade Elisabet Höglund om henne eller?” Han lät också häpen men jag dämpade allt genom att förklara hur vi bara hade råkat komma in på olika författare under intervjun.

”Hon var ju egentligen modetecknerska från början”, sa mamma, ”det var senare hon började skriva böcker. Men du vet väl vem det är? Hon ser ju väldigt speciell ut.”

Jag erkände att jag hade en vag bild av henne i huvudet, men jag kunde ju inget om hennes författarskap. Inte så konstigt heller, eftersom jag nästan aldrig läste böcker.

Mamma fortsatte prata, medan hon stuvade ner tomater i mixern. Det skulle bli köttfärspaj ikväll.

”Ja … jag har ju mest läst hennes krönikor faktiskt, men hon skriver mycket om sexlivet, om karlar och sånt. Ångest också, jag tror inte det är en så lycklig människa egentligen …”

”Hur gammal är hon då”, undrade jag och vände mig mot pappa innan han försvann ut i vardagsrummet och satte på radion. Min pappa vet nämligen när alla på jorden är födda.

”Hon?” började pappa och lät förvånansvärt osäker bara för

det. ”Hon måste ju vara bortåt … ja, vad tror du älskling? … kan hon vara runt 70, 75 eller?”

”Oh ja! Säkert över 70 i alla fall. Hon var ju känd långt innan du kom till. Men varför i fridens namn undrar du allt detta?”

Nej, mamma kunde inte alls förstå.

Den här kvinnan fanns ju inte ens i närheten av samma vintergata som vår lilla familjelycka, ja, det kanske stod någon bok av henne nere i källaren, men …

Sju månader senare sitter jag i en taxi tillsammans med dig. Thora Wall.

Vi är på väg hem från en fest på Bonniers och när vi kommit innanför dörren till din lägenhet utbryter ett häftigt gräl mellan oss. Klockan är exakt 23.42 när jag vrålar mot dig så kraftigt, att du bara av ljudet faller handlöst ner på stolen bakom.

Ett minne

"NU FAN GÅR DU IN OCH LÄGGER dig, din jävla fitta!!"

Våldsamt sliter jag av dig väskan, slänger den i väggen så innehållet rasar ut, sliter av dig sjalen som stramar åt, slänger den åt helvete, rycker upp dig från stolen och drar av dig kappan. Drar in dig till sovrummet, knuffar ner dig i sängen och sen.

Äntligen håller du käften.

Jag går in i vardagsrummet och slår på TV:n.

Du ligger orörlig i sängen. Hör ljudet från TV:n, är rädd för vad som ska komma härnäst. "Var är Jonas just nu? Jag kan inte höra hans steg."

Men jag slog dig aldrig, Thora.

Men det sa du till Majken. Att Jonas hade varit så våldsam mot allt och slagit dig. Jag tjuvlyssnade en gång när ni pratade i telefon och hörde dig säga:

"Han måste ha tagit något, jag är säker på det, jag har aldrig sett honom sån."

Men nej.

Jag knarkade aldrig under den tiden jag kände dig och har aldrig gjort det annars heller. Däremot tappade jag besinningen fullständigt den gången, det erkänner jag.

Rena turen att jag har en spärr inom mig som hindrade mig. Hindrade mig från att bara slå, slå, slå! *Slå ner dig för fan!* Och det skulle ha känts väldigt skönt under själva slagen, att bara få ur sig all vrede, få känna den där orgasmen av våldsamhet, men sen. Ja, sen hade du väl bara legat där på golvet.

Jag hade ångrat mig som fan och sprungit hem till mamma.

Jag hade skämts över att jag så lätt kunde byta till den fegaste argumentationstekniken och börja slåss. Bara för att jag vet att jag vinner, när jag stänger igen käften på dig, så jag slipper höra.

Jag stannade i vardagsrummet den kvällen.

En madrass var redan framtagen och bäddad. Så skönt. Jag hade inte velat passera dig igen. Strax efteråt hörde jag hur du reste dig från sängen, tog dig in i badrummet och gjorde en kort tandborstning trots allt.

Men klockan ett ungefär, när jag hade somnat, väcktes jag av att det ringde på dörren. Någon låste upp och steg in i hallen. Tände inte lampan.

”Det är bara jag, Stina, jag lovade att titta upp till Thora ikväll. Förlåt om jag väckte dig Jonas.”

Jag sa ingenting. Istället lyssnade jag, så noga jag kunde.

Stina var snabbt inne hos dig och jag hörde din röst. Kvidandet och eländet.

Så utsatt för Jonas, så försvarslös. Jag kunde inte höra vad du sa, men tonfallet var tillräckligt. Ibland nästan inget tonfall alls, du väste fram genom skräcken inom dig. Om Jonas, hur han hade slagit dig, rivit ner allt och ”se på sakerna i hallen som fallit ur min väska när han slängde den i väggen!”.

I och för sig kan jag aldrig säkert veta om du överdrev allting för Stina, eller om du ens berättade *allt* som hände. Men någonting säger mig att du inte kunde hålla dig. För du älskar ju att förstora det intressanta, överdriva sådär till max, och sen det faktum att du bevisligen berättade för Majken.

Fast du hade lovat mig att vi skulle hålla hela kvällen hemlig för alla.

Så varför inte berätta det för Stina, i chocktillståndet?

Och jag kunde känna att Stina blivit informerad. Kände det på hennes sätt när hon gick. Ljudlöst smög hon förbi vardagsrummet och lika tyst stängde hon igen ytterdörren och låste efter sig. Noga med att inte väcka mig.

Jonas var farlig nu, säkert.

Strax efteråt gick jag in till dig.

Du hade fortfarande sänglampan tänd. Jag satte mig bredvid dig på sängen, makade in dina ben lite. Du tittade på mig, och liksom väste fram:

”Slå mig inte, snälla slå mig inte …”

Förspel

I EN TV-INTERVJU FRÅN 1970-talet berättar vårt kungapar om hur kärleken uppstod mellan dem. Enligt Carl Gustaf sa det bara ”klick” och drottning Silvia skulle säkert hålla med om detta även idag. Inget ont om våra regenter, men här har vi den enkla romansen. Den som fungerar direkt och håller för evigt, för fosterlandet. Och allt genom ett ”klick”.

Jag vet att vår kärlek inte var likadan, den skulle till exempel aldrig ha hållit för fosterlandet i TV. Men vi hade heller aldrig något ”klickande” på gång.

När vi sågs absolut första gången … det var aldrig kärlek vid första ögonkastet mellan oss.

Nej, det var mer spännande än så. Jag upplevde en enorm dragningskraft, det kändes oemotståndligt.

Men framför allt var det satans varmt den dagen vi träffades. I mitten av oktober? Som ett konkret tecken på något jävligt oväntat, att jag skulle få se dig livs levande.

Och detta händer mig aldrig igen.

Att en person jag är så fängslad av plötsligt utan förvarning bara står där borta. Utan att jag själv hjälpt till, utan att jag själv har lyft ett jävla finger.

Chockad av händelsen hindras jag först.

Men sen, när det gränslösa släpper in mig …

Det hela var fascinerande, precis som en fruktansvärt varm oktoberdag.

Stinget

DEN NÄRMASTE TIDEN EFTER intervjun med Elisabet Höglund. Jag fick ett bra betyg på uppgiften och kursen var snart slut, men jag brydde mig inte längre. Istället tänkte jag på det som Höglund hade sagt, hur hon hade kritiserat innehållet i dina böcker som för privat. För sexuellt och utlämnande, "Thora Wall är mer än nödvändigt". Jag hade en bild av dig i hjärnan, hur du såg ut i minnet och visste att du provocerade.

Och den där boken som mamma hade ställt nere i källaren som du hade skrivit, *Det mest utskällda.* Där stod den, tryckt 1976, omplacerad i en nyinköpt bokhylla från IKEA. Men jag läste den aldrig.

Nej, jag ville inte sakta ner en kittlande provokation genom att *läsa*, det skulle ha känts som en nedtrappning, ett plågsamt lugnande. Inte heller ringde jag upp eller skrev till dig, fast jag hade tagit reda på din adress och telefonnummer. "Vad fan skulle jag säga", tänkte jag.

Men efter ytterligare någon vecka. Situationen blev liksom flytande. För många jävla vardagssaker luckrade upp emellan, och jag kände hur fixeringen förändrades. Inte lika spänd och lustfylld längre, inte längre skrikande. Det där *precisa* vansinnet, plötsligt bara rann det av. Motivationen inom mig slutade fungera och jag distanserades från allt. Drevs in i ett limbo där jag skolkade från journalistkursen, där kassajobbet på Konsum bara kändes så jävla mycket i vägen. Men jag behövde ju pengarna.

Och i detta oberäkneliga, något labila tillstånd, inföll oktober och en sommarhetta som jag aldrig tidigare upplevt. Jag måste ha varit sjuk.

Och jag som inte tål värme.

Jag hatar det.

Ändå åkte jag in till stan den där eftermiddagen. Fast jag plågades av mitt humör, eftersom värme alltid gör mig förbannad. Första destinationen var Medborgarplatsens bibliotek för att låna en bok till farsan. ”Sju minuter”, tänkte jag medan jag väntade. ”Det får inte ta längre tid, sen *måste* jag ut.”

Men bibliotekarien är naturligtvis borta längre än så. Ytterligare en av farsans svåra böcker, och sen ytterligare väntetid i nästa kö. ”Fan, jag orkar inte … det är så jävla varmt härinne.”

Jag vänder mig otåligt om i min irritation och ser mig omkring. Men ingen av de andra människorna upplever hettan som jag? Jag måste ha feber, tänker jag och lägger ena handflatan mot pannan. Men det är omöjligt att avgöra när svetten bara forsar ner. En annan kille råkar stöta till mig och ber så mycket om ursäkt. ”Dra åt helvete”, säger jag men han hör mig inte, samtidigt som en äldre kvinna, klädd i starka färger och med käpp, går mot lånedisken. Jag kan inte riktigt se nu, jag sträcker på mig. Snabbt tränger jag mig förbi några, kollar mot kön till lånedisken, *jo, samma kvinna står kvar där borta …*

”Ursäkta, skulle du ha den här boken eller?” Bibliotekarien har lyckats störa mig.

”Javisst fan, ja men ge mig boken då!” säger jag elakt och *plötsligt – när det bränner till,* när alla möjligheter blir häftiga och trängs i hjärnan, vad fan är det som jag inte kan göra just nu, absolut ingenting, för jag ser, *jag vet ju*, jag har bestämt mig och *ingenting* längre är en överraskning eftersom *allt* är så jävla oväntat …

Jag rusar bort mot samma kö och hamnar fem personer bakom henne, sliter av mig tröjan och ryter till bibliotekarierna bakom disken:

”Va fan, har ni ingen jävla air-condition på det här stället eller!”

Alla framför mig vänder sig genast om. Förskräckta och förvånade. Att man tar sig en sån ton, och på ett bibliotek också, ja, det är närmast skrämmande. Och svensk är han uppenbarligen inte heller, se så mörk i hyn han är.

Den äldre kvinnan vänder sig också om men hon är inte alls skrämd. Nej, hon ler, hon skrattar mot mig. Hon lämnar sin plats i kön och jag upptäcker att hon inte är ensam. En ung kvinna i sällskap, drygt 25 och snygg. Vem fan bryr sig?

Därför att den äldre, *hon med karisman*, betraktar mig, där jag står.

Med tröjan i ena handen och boken i den andra. Manlig. Svettig. Sexig och Äcklig.

Och du känner orkanen som välter alla människor fram till dig. Du är min.

Jag har fångat dig.

För det var ju du, Thora Wall.

Men jag försvinner snabbt.

Ut ur detta stekheta bibliotek, men värmen bekommer mig inte längre.

Därför att nuet faktiskt existerar. Därframme, så fort jag kommer hem.

Något uppfriskande. Erotiskt. Svalkande. En hetsande iver skyndar genom kroppen; ”och jag kan skriva vad fan jag vill för jag känner henne”.

”Jag ska visa henne hur jävla bra jag är”, tänker jag.

Och jag skrev ett brev som du aldrig vågade svara på.

Brevet

TJA THORA!

Jag heter Jonas och är killen du träffade på biblioteket i Medborgarhuset i måndags kväll, hehe! Ok, här är mitt brev till dig som jag skrivit.

Tja igen!
Här kommer ett beundrarbrev från en 25-årig sexig kille som faktiskt har läst *alla* dina böcker! Jag råkade faktiskt också se ett program om dig för jävligt länge sen på TV och tyckte du var häftig. Mina polare vet inte alls vem du är, de läser mest Slitz du vet, eller sporttidningar och sånt. Men av programmet fattade jag att du skrivit många böcker och hur långt före din tid du alltid varit. Som en revolutionär i ett isblock, som skriker för att komma ut. Stämmer det? Hursomhelst. Fan va snygg du var, det tycker jag fortfarande. Tänk om jag träffat dig när du var liksom sådär ung och kåt som jag tagit reda på att du faktiskt var. Då skulle jag i alla fall ha försökt att knulla dig, hehe. Och jag skäms inte alls för att säga det till en kvinna som verkade så jävla livlig och söt i alla fall. Inte ett jävla dugg. Inte för att du skulle vara en slampa eller nått, men jag tror verkligen att när en kille blir kåt så skiter han ju i om det är en slampa eller inte, eller hur? Jag har fått för mig att du varit mycket i Afrika och provat olika svarta män (vet ej om det är sant, men men) och jag förstår HELT om

de ville ligga med dig. Det är din sexighet och utstrålning alla faller för, oavsett din ålder. Jag med. Men jag undrar om Sverige fattar hur bra du är och om Sverige har hyllat dig som vi faktiskt borde. Det blev ju landssorg när Astrid Lindgren dog, men i jämförelse med dig blir hon smått trist. Men säg inte det högt till någon, ok. Om du skrev på engelska skulle du vara stormrik. Och en sista grej bara. Du vet nog bättre vem Amelia Adamo är än jag, eller hur. Hon vek ut sig i Expressen en gång för länge sedan och snackade om sex och sånt. Men det var nästan äckligt! Hon kan lätt vara din dotter ur ålderns synpunkt, men aldrig annars. När Adamo snackar om sex är det pinsamt, som att "kolla på MIG, jag kan också knulla, kolla hit alla, fast jag är 50 eller nått". En sån jävla tönt! Men när du snackade om sex i det där programmet jag såg. Det var på ett annat sätt. Bättre, mycket mer provocerande än hon.

Om jag någonsin kommer i en TV-soffa på prime-time så ska jag säga det så att svenskarna fattar. Även om du inte är lika betydelsefull som kanske nazistoffrena. Jag tycker det är hemskt att de snart dör ut. Ok, det var väl allt, Thora! Stå på dig kärringjävel (jag vet att du kan ta det på rätt sätt). Det är en del jag vill fråga dig, men jag vet att du inte har tid. Eller? Annars kunde jag ju komma när du har ångest. Det brukar vara på tisdagar efter klockan fem, jag tror du skrev så i en spalt jag läste nyligen i Aftonbladet. Visste inte att du skrev där. Ha det jävligt bra!

Från din sexige beundrare.

Segt vansinne

NÄR DEN BESATTE VÄNTAR (när *jag* väntade på dig).

Han *gör* liksom ingenting. Går bara runt tomhänt men *besatt.* Mycket bättre att käka som besatt eller slå sönder gräsmattan med en hammare som besatt, men fan. Att bara gå runt och *vänta* … jag förstod inte. Varför skrev du inte tillbaka, min adress stod ju klart och tydligt på utsidan av kuvertet? Du kunde åtminstone ha ringt, men nej. Ingenting.

Det gick en vecka. Jag lyssnade av min telefonsvarare utan framgång, vad fan höll du på med? Du skulle ju skriva till mig och säga hur jävla glad du hade blivit över mitt brev, säga att vi *måste* träffas. Eller så skulle du ha ringt och sagt att du inte hann skriva nu, men att det där verkligen var det bästa brev du någonsin fått. Jag ville inte ringa dig. Du måste först.

Så vafan i helvete, jävla författarkärring, svara då!

Men ingenting vare sig hördes eller syntes.

Jag började fundera över varför.

Hade jag råkat skriva fel postadress eller telefonnummer? Men nej, sånt gör jag aldrig! Kunde det vara för att jag hade avslutat brevet med ”stå på dig kärringjävel”?

Blev hon ledsen för det? ”Nej, för fan”, tänkte jag. *Jag känner ju henne.* Nej, det är inte det.

Och du blev *hon*, hon som aldrig.

Till slut gick jag tillbaka till samma bibliotek där vi sett varandra.

Men du var ju inte där, så klart.

Ändå väntade jag på att du skulle komma in, dyka upp bland människorna som förra gången.

En halvtimme passerade. Eller kanske var det fem år, inte vet jag. Jag orkade inte längre.

Skulle egentligen gå, men istället började jag leta efter sektionen med dina böcker och hittade en jävla massa. Så många och så trista. Säkert.

"Hur fan skulle jag ha orkat läsa alla dom här?" tänkte jag. Tog ut en bok som hette *När man skjuter demonstranter –*, men avgjorde snabbt att den absolut var för tjock för mig. Ögnade igenom texten på baksidan, hm ... någon som hette Hilma, som gifter sig, från Norrland, jaha ... det verkar ju kul. Skriven av Thora Wall ... jasså här fanns ett fotografi på insidan av omslaget. Undertill stod en kort resumé av din karriär och jag läser, *men bilden på dig.*

Det här var en svår diagnos redan från början och det var ditt fel. Tänk om du skulle ha kommit in just då?

Jag går bort mot informationsdisken med boken i hand, ställer mig i kön och ser likgiltig ut. En annan bibliotekarie, denna gång vassare, med röda spetsiga glasögon, rekommenderar hela trilogin som börjar just med *När man skjuter demonstranter –* .

"Är det olika fotografier då i dom andra böckerna i serien", undrar jag raljant. "Annars kommer jag inte att läsa dom!"

Men bibliotekarien kan inte svara på det på rak arm.

"Tycker du att hon skriver bra då?" frågar jag.

"Ja, Thora Wall skriver ju väldigt lättläst men samtidigt elegant."

"Men jag har ju aldrig läst en bok frivilligt, eller jo vänta, jag har ju läst *Hajen* två gånger."

"Men Wall har ju även skrivit barnböcker, du borde kanske ta en sån istället?"

"Nej, vafan, jag tar den där trilogin du snackade om istället, allihop på en gång."

Bara för att *visa att*.

Och med en serie på cirka tusen sidor framför mig, tänker jag direkt; "ok, jag läser första boken, det får fan räcka. Sen skriver jag ett brev till och svarar hon inte då ..."

Men istället läste jag hela serien. Snabbt och med nöje dessutom.

Att dina böcker kunde tilltala en ung kille på det sättet, precis som attraktionen när vi träffades. Hela bilden av dig förändrades, jag lade till. Du var inte längre bara den där äldre kvinnan med karisma i starka färger, nej, du var ju säkert Sveriges *bästa* författare också. Kanske den bästa i hela världen faktiskt!

Efter att ha avslutat sista boken i serien rotade jag efter andra böcker av svenska författare i mina föräldrars bokhyllor. Jag läste liksom fermt och pressat på baksidorna, bara för att checka av att:

"... ingen av dessa är väl lika bra som Thora Wall ... fast kans..." Nej. Ok, bra.

Nu ville jag *ringa* upp dig istället och säga allt.

Att jag nu hade läst tre av dina böcker, en hel serie, och att du faktiskt *är* den bästa författaren i Sverige, eftersom jag har jämfört med några böcker av Ivar Lo-Johansson och Anna Wahlgren, och sen kanske säga att vädret inte ska bli så bra på torsdag, att det ska regna och då kunde vi ju ses, i regnet kanske, för vi är ju så lika och du behöver inte alls säga tack.

En vanlig måndag förmiddag ringde jag upp dig, för första gången i mitt liv.

Ringsignal ... (tänk om hon svarar) ... Ringsignal ... Ringsignal ... (nej, fan, jag lägger på).

"Ja, hallå?" Din röst svarade.

Och på mindre än 90 sekunder hann du ursäkta dig för att inte ha svarat på mitt brev, säga att du just nu avslutade en bok och att du hade ont om tid, samt att "visst kunde vi ses någon gång".

Jag lade på luren ganska besviken. Din ton hade varit artig

men reserverad. Liksom korthuggen och jag hade bara hunnit stamma fram början på meningar.

”Du och dina böcker kan dra åt helvete”, tänkte jag.

Direkt efteråt skrev jag ett nytt brev på tjugo minuter, som jag skickade nästa dag. Ifall du möjligtvis trodde att jag tröttnat. Ifall du trodde att jag hade blivit så satans irriterad på dig att jag stängt av manin helt och hållet. Nej, *tvärtom*. Din reservation och liksom rädda blyghet gjorde mig ännu mer besatt att bända upp den här jävla musslan, även om den går sönder. Jag kände aggression och för mycket värme. Raseri egentligen.

Här kommer ett nytt brev till dig Thora!
Det var rätt trist att snacka med dig, du är jävligt tråkig på telefon. Varför hade du så bråttom för? Men du kanske är arg på mig, inte fan vet jag. Det kanske är för att jag ljög om att jag hade läst alla dina böcker, som jag skrev förut. Ok, jag har inte läst alla. Men nu har jag i alla fall läst några stycken, den där serien som börjar med *När man skjuter demonstranter –* . Du skriver bra faktiskt. Du är inte bara snygg, hehe! Jag läste lite i en novellsamling av en som heter Anna Wahlgren som morsan hade hemma, och den var inte alls lika bra som dina böcker. Jag tycker verkligen inte det. Om hon är dottern så kan du vara morsan som vet alla tricks i språket, precis som min morsa när hon lagar mat. Eller om Anna är en löpare på ett schackbräde, så är du Damen. Du rör dig lika snabbt men åt alla håll och ditt språk är mer spännande tror jag. Eller nej, *jag vet*!

Men tänk på att du är den svarta damen. Mer sexig och spännande. Men sanningen är att jag bara har läst kanske elva romaner i mitt liv, självmant alltså. Eftersom jag inte gillar böcker, dom är långsamma liksom. Av dessa läste jag om *Hajen* en gång så att det blev tolv böcker till slut. Du vet, den där boken som Steven Spielberg gjorde film av 1975. Skitbra, det är en av mina bästa filmer. Jag vet varför jag skriver det här brevet. För att jag tycker att du är den skickligaste författaren i vårt land! Ska jag säga som knappt har läst något, men jag tycker det. Man vill veta MER om den där Signe och Hilma hela tiden. Det är som att dra upp vatten ur en brunn, det får liksom aldrig ta slut. Och morsan köpte en gång en bok till mig när jag var liten, som hette *Tobias vill inte klippa sig* och jag såg att du har skrivit den också. Så egentligen kände jag till dig innan. Där fanns en del schyssta teckningar av dig. Du är jävligt duktig på att teckna faktiskt!

Men tänk såhär: det finns två stycken Thora i vårt författarland. En som tydligen sitter i Svenska Akademien och en som inte gör det, du. Men jag tycker att Akademien skulle tjäna på att ha dig med, inte minst för att öka på den sammanlagda snyggheten på medlemmarna. Jag testade att läsa en bok av Thora Ekman, men jag pallade inte. För tråkig. Du skriver liksom snabbare, precis som du tecknar, jag tror det. Det ser enkelt ut, som i den enklaste poplåt, men det är just enkelheten som är svår att hitta. Men den slår som FAN! Jag tycker inte det finns så många som du i Sverige. Jag känner liksom ingen. Och sen när du har dött; vem är kvar att berätta för alla att hon är kåt och faktiskt *stolt* över det? Just nu har Sverige bara en kvinna som kan det på ett bra och schysst sätt. Hoppas det här brevet är bättre och att du fått en bättre bild av mig nu. Jag vill att du ska gilla mig som person. Och *jag ska få dig att gilla mig*, du behöver inte göra något själv. Bra va!

Efter ungefär tre, fyra dagar ringde jag upp igen.

Du vägrade ju att svara på mina brev, fast jag nu hade komponerat ihop två stycken till dig.

Det var på kvällen och din röst välkomnade mig via en telefonsvarare:

”Hejsan, du har kommit till Thora, du kan väl eventuellt säga vem du är så ringer jag upp så fort som möjligt.”

Jag presenterade mig som Jonas från biblioteket och önskade att du skulle ringa tillbaka och kommentera mitt nya brev. Jävligt snart också.

Men ingenting hände. Precis som förut, och efter några dagar ringde jag upp igen. Det var en torsdag kväll, jag var förbannad och inte alls hungrig.

”Ja, detta är Majken hos Thora Wall?”

Det var en äldre kvinnas röst, men uppenbarligen inte din. Utan presentation bad jag rappt att få snacka med dig och luren lämnades över.

”Ja, hallå?”

”Ja, tja, detta är Jonas från biblioteket igen!”

” … (någon sekunds tystnad) … *Ja, Jonas från biblioteket*, ja du har ju ringt förr så att säga …”

”Jo, det har jag, och jag undrar vad fan du är så rädd för, varför vill du inte träffa mig?”

”Nä, men jag är inte alls rädd (skratt, skratt) men du förstår att just nu har jag en väninna på besök, så jag kan inte prata.”

”Men det skiter jag i! Varför har du inte sagt något om mitt första brev, tyckte du inte om det jag skrev eller?”

”Ditt brev där ja, *just det* … (du lät genast mer ställd) … jo, men det var väl uppfriskande … jag har aldrig fått ett sånt brev förut i mitt liv så …”

”Bra, men då kan vi ju ses. Eller?”

”Jo, vi kan ses någon gång, men jag kan väl få återkomma med ett datum som passar för att just nu har jag en väninna här på besök …”

”Ja, ok, men då förväntar jag mig att du ringer snart om ett datum”, sa jag och lade på.

Och tiden gick, veckovis.

Jag berättade för en polare att du var någon slags tjej jag träffat ute som jag var intresserad av. Att jag hade ringt henne för mycket och dessutom skrivit två beundrarbrev till henne, men han förstod inte alls varför. Varför kämpade jag så mycket för någon som aldrig själv hörde av sig? Jag skulle låta tjejen ringa istället, för att försäkra mig om att *hon också* verkligen var intresserad. Han fattade inte heller varför jag skrivit två brev till en tjej jag träffat en gång på ett bibliotek, och som dessutom hade en ledsagare.

”Det är väl inget fel i att ha en ledsagare eller promenadhjälp”, invände jag, en regnig eftermiddag när vi traskade genom stan.

”Nä, men om hon är blind så kan hon ju ändå inte läsa ditt brev i alla fall, eller hur?”

”Men hon är inte *blind*, hon är bara liksom … äldre.”

”Vaddå, över 30 eller? Dom är ju i och för sig rätt kunniga i sängen”, sa Christian och grimaserade med hela ansiktet.

”Nja, hon är lite äldre, 77 ungefär (men jag såg Christians min och ändrade mig snabbt) … kanske 75 eller 74 kan hon också vara, jag vet inte så noga faktiskt.”

Och sen dess har jag inte sett Christian.

Undrar vad han gör nuförtiden?

Att du vågade

SÅ KOM NÅDASTÖTEN.

Du medverkade som lördagsgäst i *Nyhetsmorgon* och det var rena rama jävla turen att jag satt och slöade framför TV:n den helgen.

Jag kunde ha varit på väg till mitt extrajobb på Konsum, eller bara legat kvar i sängen, bakfull av sprit och ångest, men nej. Istället satt jag frisk och fräsch i en fåtölj nere i gillestugan och blev jävligt ivrig när jag förstod att du skulle vara med i programmet. Sen chockad när du i direktsändning sitter och säger:

”Jo, det är ju såhär att mina fötter inte längre bär mig, men om jag promenerar, så mår dom bättre, det hjälper så att säga. Men jag har så lite folk som vill ut och gå med mig. Därför undrar jag om det finns någon därute som tycker det skulle vara kul, att någon gång ta en promenad med Thora Wall.”

Efter allt jag hade gjort, och efter allt ditt jävla trotsande!

Nu ville du att någon *annan* skulle få träffa dig!

Jag bara satt där. Stum och bara hatade. Trodde att du skulle säga någonting i stil med:

”Jag vet att det i alla fall finns *en* person som bryr sig om mig därute, sådär lite på avstånd, han heter *Jonas …*”

Och jag skulle ha känt hur en blomma slår ut, hur du till sist ger mig lite guld genom rutan. Lön för mödan som det heter på svenska. Men istället vädjar du till vilken jävla avbiten blindtarm som helst att promenera med dig! Jag, som ändå hade skrivit två personliga brev, som ändå hade hyllat dig som den bästa författaren i hela jävla Sverige! Dessutom hade jag ju numera faktiskt också läst någonting av dig!

Hur kan hon bara rata mig sådär i direktsändning, tänkte jag. Tycker hon verkligen så illa om mig, är det på grund av något som jag har sagt eller gjort? Men nej. Jag kände lättnaden i mitt samvete över att jag inte kunde komma på något negativt alls från min sida. Jag blev ledsen, fast jag grät ingenting. Det gick inte, det fanns liksom ett tomrum intill gråten, ungefär som ett hisschakt och varje gång jag försökte hoppa över till andra sidan, så föll jag bara rakt ner. Ner till frustrationen och vreden.

Om du nu tyckte att jag hade varit för framfusig eller bara jobbig, så var det ju inte mitt fel *utan ditt.* Du kunde ju för fan bara ha sagt en tid och plats för en träff, så hade jag inte hetsat upp mig sådär. Ditt eget fel, *din jävla idiot!*

Ungefär en månad efter detta träffades vi.

Det är sant.

På en slags folkfest med musik av människor från Balkanhalvön, och mötet bestämdes samma dag som det ägde rum. Ungefär två timmar innan för att vara någorlunda exakt och jag har nog aldrig varit mer stressad, frustrerad eller sagt lika många könsord under en och samma timme. Timmen *innan* jag hann fram till dig alltså.

Vad som kan ha påskyndat processen är det telefonsamtal vi hade kort efter att TV-programmet sänts. Jag hade lyckats uppehålla samma intensitet på min ilska och skulle hälla ut allting över dig på andra sidan linjen.

Så var i alla fall tanken, *men jag kom av mig.*

Allt bara för att jag hade ringt på kvällen och prickat in din tandborstning. Tydligen en tung post i ditt liv som inte fick nonchaleras, eller så säger det mer om mig än om dig, men hursomhelst. Din jävla rengöring tog musten ur mig och det ville jag fan inte. För många stopp från dig som till exempel ”vänta, vad sa du nu, jag hörde inte" och naturligtvis var du tvungen att springa tillbaka in på toaletten och spotta.

Men när du äntligen var klar drog jag hela harangen igen och din ton blev direkt så annorlunda efter att jag hade erkänt att jag känt mig sårad. Du lät eftertänksam och sen lovade du att vi skulle träffas någon gång, och att du skulle berätta om livet på franska Rivieran under själva dejten.

Rivieran har jag fortfarande fram *till denna dag* aldrig hört dig nämna, men det var väl det bästa du kunde komma på just då.

Ett möte bland balkaner

JAG HADE JOBBAT PÅ KONSUM och kände mig sådär liksom trött och TV-seg, fast ändå redo att släpa mig ut om lördagsnatten lockade.

Och så säger du ja.

Jag skulle alltså äntligen, efter alla dessa brev och telefonsamtal få träffa dig.

Under arbetsdagen hade du funnits som ett mål när jag kommer hem. ”Jag ska i alla fall ringa Thora och se om hon vill träffa mig, fast hon alltid säger nej.”

”Ja, tja, det är Jonas från biblioteket igen.”

”Jasså, hejsan”, svarade du lite andfådd. ”Hur är det med dig?” Genast noterade jag tonen av antiklimax över att *det är han igen*, men jag fortsatte energiskt.

”Jo, det är ok, du då?”

”Jo tack, och vad ska du göra ikväll, ska du ut och festa?”

Omedvetet retade du mig och en irritation surrade runt som en fluga i hjärnan. Vad fan menar hon med det, hon vet ju att jag främst ville träffa henne.

”Nä, inget speciellt”, svarade jag. ”Jag bara undrar *vad du ska göra* ikväll liksom?”

Du, eller rättare sagt ni, skulle till en folkfest med balkanmusik på Musikaliska Akademien inne i stan. Det var en flicka som hette Sara som skulle följa med som eskort men du var inte riktigt säker på vilket folkslag som spelade: ”Säger man balkaner?”

Jag skrattade lite medan jag tänkte på något helt annat: *Skulle jag få följa med dit?* Om jag inte får det, så tar jag mig dit i alla fall, även om det absolut inte blir samma sak.

"Kan jag få hänga på er dit eller, funkar det eller?"

Jag kände hur frågan störtade rakt ner från världens stup och det var ingen som ville dra tillbaka den, men heller ingen som ville fånga upp den.

"Ja … det skulle du väl kunna, men jag vet inte vad det kos…"

Jag hörde inte ens det sista angående pengarna. Du hade ju sagt JA för fan! Även om din röst lät lite seg och tveksam. *Det räknades ändå som ett ja.*

"Jag ska bara fråga Sara om det är ok med henne", fortsatte du, "hon vet ju inte alls vem du är, så att säga."

Du lade ner luren och jag hörde dig ropa efter henne. Genast kände jag hur flickan var i stånd att sabba hela jävla lördagskvällen, hela äventyret, som nu hade blivit sanktionerat. Allt den där Sara behövde göra var ju att säga att hon skulle känna sig obekväm eller något annat jävla larvigt.

I bakgrunden hörde jag hur du förklarade för Sara att det var en ung man som gärna ville träffa dig ikväll, och om det gick för sig. Hennes svar blev otydligt, men det verkade som att hon liksom gav sitt *medlidande* till detta. Om det nu var tvunget …

Samtidigt tänkte jag att "hur fan kan *Sara* bestämma det? Hon ska ju ändå bara stå och se på, eller? Jag skiter fullständigt i om …"

"Hallå Jonas?" Du var tillbaka i luren.

"Jo, jag har nu pratat med Sara och hon säger att det går bra."

Sara hade alltså gett sitt tillstånd, men plötsligt hörde jag flickan gnälla igen.

" … vad sa du", kom det från dig (du lade ner luren ytterligare en gång).

Detta är ju inte klokt, tänkte jag. Vad fan är problemet nu? Vi ska ju inte skjuta upp en jävla rymdraket, vi ska ju bara kolla på de här balkanerna.

”Ja, ursäkta”, sa du igen. ”Det var Sara som ville något här, men det är helt ok att du också kommer dit, det börjar klockan sju. Det står en annons i *På stan*-bilagan om det. Hittar du dit?”

Känslan av att nu får inget gå fel hade redan drabbat mig. Vad fan skulle jag göra om jag kom för sent och du redan hade gått? Skulle jag ringa igen om en vecka, nej, det fanns inget bättre tillfälle, du ville ju själv nu. Och att rusa in och ut ur duschen, dra på sig snygga kläder och hitta på en kort och koncis lögn till morsan om varför jag hade så jävla bråttom, det var inga problem, *men var fan låg den där jävla akademien?*

Klockan hade redan blivit för mycket och utanför huset stod jag och svor över att jag aldrig läste tidningar, över att mina föräldrar inte hade just *den* bilagan och över att du paradoxalt nog hade förstorat frustrationen genom att nämna den där satans annonsen! Till slut släpper blockeringen och jag bestämmer mig för att ta mig in till stan, ”Jonas, åk in till stan *först*!”

På Centralstationen hittade jag tidningen och kastade mig in i en taxi. Skrek hela vägen åt alla jävla rödljus och chauffören var redo att kasta ut mig när som helst. Jag störtade in i konserthallen. Såg dig sitta längst fram, tillsammans med Sara.

Och ögonblicket när jag ser på dig, utan att du vet om …

Sekunder, precis invid kanten till stupet, rakt ner. Sådär så att det kittlar.

Jag väntade tills det pågående musikstycket var slut, sen gick jag fram. Försökte verka sådär sexig som jag skrutit om i brevet, men när du lyste upp emot mig, när du skrattade med hela ansiktet över att jag kommit … Jag tappade liksom balansen.

Konserten var tydligen slut och folk reste sig i takt med att man drog undan bord och stolar, för nu skulle här dansas. I den lilla röran fann du tillfälle att presentera Sara, en stor och lång flicka, med rött hår klippt i page. Jag frågade något så originellt som ”hur var konserten?” och ni replikerade båda med lovord som jag inte alls noterade. Istället observerade jag och *kände av* situationen. Där stod ni, två kvinnor bland ”balkaner” och jag kände genast hur jag upplevde Saras närvaro som jävligt negativ. Fast ännu mer *positiv*.

Hon utgjorde ett hinder bara med sin stora kropp, samtidigt som hon uppehöll ett lugn mellan dig och mig. Och den senare effekten var den viktigaste.

Naturligtvis märkte jag inte det just då, men det skulle komma att bli vår räddning i framtiden. Att ha en tredje person i sällskapet för neutralisering, annars hade vi slagit ihjäl varandra.

Hade Sara nu inte alls varit där, eller kanske fått för sig att liksom kasta loss, och falla handlöst in bland musicerande balkaner, så hade vi dessutom saknat guidning in i det som skulle bli vårt. Sara behövdes som en motor för själva kvällen, så att säga. Ungefär som att: ”Ja vad har Sara för planer, vart känner Sara för att gå någonstans?”

Det var inte meningen att du eller jag skulle ta kommandot, i alla fall inte jag.

Du ville göra ett toalettbesök och jag fick leda dig medan Sara gick löst på andra sidan.

Du berättade vackert om varför du hade svårt att gå, om nervsjukdomen i dina fötter, den obotliga. Käppen använde du ständigt. Däremot sa du ingenting om varför du undvikit mig under snart ett halvår, men det lät jag passera obemärkt. Jag hade ju lyckats komma i tid och du var klädd i starka färger och liksom sprakade loss.

”Sara tar hand om mig”, sa du, ”tänk att en så ung flicka kan vara så moderlig.”

”Vem fan bryr sig”, tänkte jag snabbt och log tillbaka.

Och eftersom Sara inte hade några konkreta uppslag om nästa

underhållning, så föreslog du att vi kunde ta en kopp te eller liknande uppe hos dig. Alla tre alltså, naturligtvis.

Som att vara på dejt med en äldre kvinna, samt hennes moder, *som i sin tur var yngre än jag.* Men Saras närvaro var ju så satans rättfärdigad och lysande självklar. Ingen advokat i världen skulle ha kunnat argumentera mot hennes "moderliga" instinkt, trots att föremålet för själva passionen var en bra bit över sjuttio år.

När taxin kom tog du plats bredvid chauffören och jag skulle precis stänga bildörren likt en kavaljer, men din kappa hängde utanför. Snabbt böjde jag mig ned för att stöka in det där förbannade långa tyget och du gav mig en oroad, något besvärad blick. *Satans jävla kappa,* tänkte jag, och jag kunde se hur även Sara blickade ner på mitt misslyckande.

"Hrm, mmm, så … ta det lugnt nu …", sa du och din replik hade en klart dämpande effekt.

Sara hade redan hunnit sätta sig i tryggt förvar i baksätet och jag kunde ju inte gärna sitta i ditt knä. Taxichauffören anmälde inte heller något intresse av att uppoffra sig, så jag satte mig alltså där bak, *bredvid* den stora flickan. En risk, eftersom intimiteten uppmanade till att starta en konversation. Vad fan skulle jag säga?

Väl utanför din våning, på din gata, låg flertalet pubar i närheten.

Jag kände genast igen stället på hörnet och började ohämmat berätta om hur jag en gång i tiden blivit brutalt utkastad därifrån på grund av kraftig berusning. Den stora flickan flashade en min till dig som uppmanade till försiktighet. Jodå, det såg jag. Ska vi verkligen ta in honom i lägenheten? Är det värt en potentiell passion om han tar med sig matsilvret när han går?

Men Sara glömde bort värdet i att riskera. *Det gjorde aldrig du.*

Och hennes närvaro i ditt kök skapade effekten av ett gammaldags "förkläde", till en dam av klass som alltså hade en ung man på besök. Nu var damen som sagt en bit över sjuttio och hade tagit in passionen via köksingången, men ändå. Du påpekade högt hennes omedvetna roll och jag flinade till. Vi hade ju tänkt på *samma*, bara sådär, första gången.

"Men när fan ska hon gå", tänkte jag oavbrutet.

Sara själv hade aldrig hört uttrycket "förkläde" förr. Däremot kunde hon avvisa mina eventuella närmanden och kanske torka upp något utspillt. Du bjöd nämligen på nyponsoppa och jag åt för att vara artig. Jag var ju inte alls hungrig utan ville bara prata med dig.

Samtalet kändes lite trögflytande men plötsligt annonserade Sara att det var dags för dina ögondroppar. Dessa skulle du ta i sängkammaren och du ursäktade dig med ett löfte om att strax återkomma. Den stora flickan skyndade efter med medicinen och ni liksom "spärrade" av ingången till sovrummet, utan att stänga dörren. Bruden skulle nu alltså smörjas av en väninna, innan hon tog emot resten av stammen, ungefär så.

Att sitta där ensam i ditt kök kändes främmande, men också jävligt eggande. Veta att du snart skulle komma ut hit igen. Det där ögonblicket, när jag ser ditt ansikte och känner pirret i magen, den ljuva skräcken över att vara framför dig. Utan att veta vad som ska hända.

Fan va lång tid det tar nu då!

Sara kom ut och letade upp mig.

Jag befann mig i det spatiösa vardagsrummet, hänförd av hur levande ditt författarhem var. Det fanns inte nog med saker att utforska och pilla på, men barnets upptäcktsfärd fick ett abrupt slut när den stora flickans närvaro återigen krävde konversation. Och efter några löst hängande meningar försvann även jag in till sängkammaren.

Där fann jag dig, liggande diagonalt, halvt utanför sängen med rinnande ögon och pappersservetter i beredskap. Jag hade anat att dina ögondroppar inte föreskrev att du skulle vara naken när du tog dem, därför hade jag tagit mig friheten att gå in. Hade du varit naken, så hade jag tagit mig friheten att gå ut.

"... och här kommer barnbarnet och undrar vad farmor gör", sa jag och du skrattade.

Jag satte mig ned i en gungstol bredvid din säng och såg hur du droppade ur en liten flaska. Och det fanns något påtagligt emellan oss, utan konturer men ändå existerande. Starkare.

Vi kunde ha sagt vad som helst just där och då för vi kände ju redan varandra. Vi skulle bara ta reda på vilka vi var.

Tillbaka i köket, med alla återigen samlade kring bordet, märkte jag hur du fann Saras uppsikt mindre nödvändig. Du vände dig mot flickan och sa:

"Du behöver inte sitta med längre, det skiljer över femtio år mellan mig och den unge mannen här."

Sara såg på dig med misstro, som att hon ville ha uträkningen på papper, och sa:

"Är det säkert det, kan jag *verkligen* gå?"

"Ja", sa du, med hela världens vishet i intonationen, "det kan du, jag *vet* ju att du har andra planer ikväll."

Och så lämnade förklädet oss.

Bekännelsen

PÅ VÄG HEM DEN KVÄLLEN.

Jag var jävligt berusad, men inte av alkohol.

Luften var inte alls speciellt len eller smekande och det fanns inga jävla småfåglar som kvittrade okoncentrerat heller, men sånt kan jag undvara.

Däremot var tåget mot Huddinge sjutton minuter försenat och det var kallt på perrongen.

Men det störde mig inte alls.

För morgondagen låg så behagligt framför mig, utan ansträngda vingslag och jag visste bara en sak där på pendeltåget. Att jag ville berätta för mina föräldrar om dig. Att jag var för berusad och uppjagad för att kunna bedöma riskerna, men att jag aldrig skulle kunna somna om jag inte berättade nu ikväll. Om det där första brevet, om din rädsla, om att du inte alls ville.

Glatt som fan skulle jag kunna avslöja för mina föräldrar att jag ljugit om utgången med kompisarna ikväll, jag menar, ”visst mamma, det var fel av mig att ljuga, *men herregud*, istället, jag har ju varit hemma hos ...”

”Thora Wall?”

”Har *du* varit hemma hos Thora Wall? *Ikväll?* Jaha ... varför då?”

Det där var mammas första replik och det räckte. Jag är känslig för tonfall och här gjorde jag ett snabbt överslag för mig själv. ”Säg inte ett ljud om innehållet i det första brevet, Jonas, inte ett ljud, absolut inte nu.”

Mamma satt längst inne i vardagsrummet och höll egentligen på med något som kallades för budgetäskande, en tidskrävande del av hennes jobb, jo, det visste jag.

Hon höll alltså egentligen på med det där, och hade bara ropat ”hej” när hon hörde ljuden av mig. Hur jag hade låst upp ytterdörren, tänt i hallen och slängt nycklarna på byrån och travat in i huset som en full häst.

”Men *känner* du henne eller?” började mamma.

”Nej, inte alls, jag bara läste på internet att hon ville ha lammkött ikväll och så ringde jag upp henne!”

Repliken åkte snabbt som fan över gränsen till ”Dåligt tajmade skämt” och jag noterade uttrycket i mammas ansikte. Aj, fan! Ångrade mig genast.

”Nej, det är klart att jag känner henne, jag har känt henne i ungefär … ja vad kan det vara … några månader nu. Tror jag. Men vi har faktiskt inte umgåtts så mycket, och det var hon som inte ville i början faktiskt …”

”Inte ville *vad?*”

Mammas tonfall ändrades direkt från det förvånade till det misstänksamma.

”Säg ingenting om brevet, säg ingenting om brevet, säg ingenting om brevet”, tänkte jag. Innan jag avslöjade allt. Och jag tackade en högre makt för att jag inte druckit den kvällen. Mamma lyssnade med ett slags uppskrämt intresse i ansiktsdragen. Som när hon lyssnar på radio och någon sjunger sådär kolossalt jävla falskt.

”Är pappa uppe eller?” frågade jag plötsligt mitt i.

”Nej, han har gått och lagt sig.”

Sen blev mamma tyst ett slag och jag inväntade.

”Ja, här är det snabba kast”, sa hon sen i en suckande ton.

”Vaddå?”

”Sa inte du att du antagligen var bisexuell för några år sen?”

”Jo, men det stämmer fortfarande. Jag är fortfarande bisexuell men detta är liksom … med en twist sådär." Jag skrattade åt mig själv.

"En *twist*?"

"Precis! Men *vet* du vem hon är då, alltså, känner du till Thora Wall sen förut?"

"Ja, det är klart som fan jag vet vem Thora Wall är, det här pratade vi ju om när du intervjuade den där Höglundmänniskan, spela inte dum nu Jonas!"

Och här märkte jag en klar tillskärpning i moderns ton. Inga mer dåliga skämt nu, det var på alla sätt för sent för sånt. Skadan var liksom redan skedd.

"Tror du mormor visste vem Thora är, alltså var hon känd redan då, eller?"

Jag *kunde* bara inte hålla inne med den där kommentaren. *Ville bara höra mamma säga det*, säga att farfar också visste, även farmor och kusin Maja och morbror Bengt, ja att hela jävla släkten kände till henne. De flesta av dem var ju i och för sig döda nu sedan länge, men ändå.

Tänk att den där omogna, unga mannen i släkten hade lyckats få ihop det med en så berömd kvinna, jag menar de måste ju se ner från himmelen och tänka "oj jävlar!"

"Men visst är det ändå kul att du känner till henne så väl, eller hur? Och liksom … det är ju inte alls som att vi skulle vara tillsammans eller så."

"Ska ni träffas igen?"

Och där kom den. Själva nyckelfrågan. Mammas tonfall insisterade på ett klart ja eller nej, inget fjantigt som "vi tar dagen som den kommer nu", eller "undrar vad pappa tycker?".

"Ja, nästa vecka på onsdag. Då ska jag komma hem till henne igen. På dagen alltså, jag är hemma igen till kvällsmaten."

Jag sa som det var helt enkelt. Det hade ju redan brustit och det skulle gå sönder lite till, när mamma frågade om vi hade haft sex.

”Ni har väl inte haft sex hoppas jag?”

”Om hon tvingar dig till något så blir jag vansinnig, bara så du vet.”

En motvillig livskamrat

JAG KOM I TID OCH RINGDE på din porttelefon. Du svarade men lät osäker. Berättade att det var mycket folk i lägenheten, en flicka från hemtjänsten, två sjuksystrar och en kvinnlig psykolog.

”Kan du möjligtvis komma en annan gång, tror du?” Din stämma genom porttelefonen lät knastrig och besvärad. Som från en rymdfarkost med landningsproblem och jag kunde höra hur andra personer talade i bakgrunden. Men jag gav mig inte.

”Nej, vad fan spelar det för roll, vi hade ju sagt idag, eller hur!”

Jag släpptes in och sprang uppför trapporna, ringde på och dörren öppnades av en sur människa. Din psykolog.

”Hej, Jonas”, sa jag och hälsade, men jag kunde ju vara precis vem fan som helst, enligt hennes blick.

Själv satt du i vardagsrummet, omringad av en massa små bord. Stationer med papper och författande, och i soffan satt två kvinnor från lasarettet. Du log för att liksom ursäkta röran.

Alla undrade förstås vem den färgade killen var, men ingen begärde uttalat en förklaring. Alla bara väntade.

”Ja, detta är alltså Jonas, som jag har känt i hela mitt liv, eller i hela hans liv i alla fall”, sa du och skrattade. Alla fnissade till och ville liksom vara med, alla utom psykologen.

Du förklarade att du hade haft en rejäl ångestattack precis innan jag kommit. Du hade gråtit mycket och tagit två Sobril. Ringt på hjälp. Som tur var hade du även haft en bestämd tid med din psykolog, just idag, men hennes recept var knappast att hänvisa unga, mörka män upp till våningen. Detta sa du inte högt, eftersom det syntes på henne i alla fall.

”Det är väl lika bra att pojken får veta det”, började du mera sakligt och vände blicken mot mig. Dina händer sökte sig till ditt ansikte, som för att skydda dig, men också för att varsamt ge mig det där som kunde vara obehagligt att höra.

”Det är ju lika bra att jag berättar för dig nu när du är här, att ibland så drabbas jag av panikångest, men det kan också bara vara vanlig, hederlig ångest så att säga. Men idag var paniken en ingrediens, onekligen, och det är liksom därför vi är så många kring Wall nu.”

Jag slogs inte alls av din öppenhet, att du lade just de sårbara korten på bordet.

Jag hade räknat med din ärlighet, och du fortsatte:

”Och så har mitt liv sett ut. Blandat med depression förstås, den får vi inte glömma bort. Men sen har jag också skrivit 40 böcker på min ångest, så det är en komplicerad livskamrat ur alla aspekter, så att säga.” Du log vänligt men uppgivet mot mig och innan jag svarade, ställde jag mig mer bekvämt i dörröppningen. Lite raljant lutande.

”Fast det här behövde du väl inte förklara för mig, *jag har ju känt dig i hela mitt liv*, eller hur?”

Alla i rummet stirrade på mig och jag mötte deras blickar i ett svep. Snabbt blinkade jag med ena ögat mot dig, två gånger. Du skrattade till. Sådär högt och flickaktigt, som när en kille plötsligt smeker tjejen på det där, *rätta* stället, där han egentligen inte får, men det är ju så ilande skönt. Du gnistrade tillsammans med mig och vi lekte med åskådarna, precis som på biblioteket. Det pågick några tysta uträkningar hos de båda sköterskorna, det kunde man se på deras ansikten.

Jag satte mig i ditt kök, på samma stol som första kvällen jag kom hem till dig. Dagsljuset avslöjade alla dina mediciner, på hyllorna i skåpet och på brickan vid diskbänken.

Jag lyfte och vände på några burkar. Plötsligt kunde jag höra hur du grät inne i vardagsrummet. Men ingen dörr drogs igen för att dölja. Du bara grät rakt ut medan psykologen pratade med dig. I flera minuter, och jag tänkte på det faktum att du egentligen inte hade velat träffa mig idag. Att du förstås inte ville ha mig i köket när du grät. Jonas kanske skulle bli bortskrämd eller börja tänka "fan, vilken sjuk gammal kärring". Sen kanske han skulle komma in och säga:

"Eh … jag tror jag sticker nu, ok, ha det bra, vi hörs."

Om jag hade gjort det, så hade det känts som att håna dig för din öppenhet.

Om jag hade kommit in till er och sagt något jävligt reserverat och indirekt nedlåtande, och sen lämnat dig för alltid. Som att sticka kniven i dig.

Men det hände aldrig. Så var det aldrig.

Men jag ryser av bara tanken på att ha kunnat såra dig på det sättet. Ja, det skulle vara som att ha förrått en av sina egna. För jag är också en sån där blödande människa, och det visste du.

Du *kände att:* Jonas kommer inte att gå, även om jag börjar gråta. Han kommer inte att lämna mig, även om det är tredje gången vi ses och jag nu släpper taget och faller ner i ångesten, rädslan och gråten.

Din ytterdörr slogs igen. Ett dovt pang när psykologen och hemtjänsten gick.

Den ena sköterskan kom in till köket och hällde upp ett glas vatten till dig från kranen.

Hon verkade oberörd över att du gråtit därinne.

"Du kan få komma in till Thora igen, vi ska ändå gå strax."

Jag följde med henne in i vardagsrummet, lite spänd på vad som väntade. Trots min eleganta lek där i dörrposten, när jag hade flörtat och skämtat internt med dig, så hade du ändå gråtit efteråt. Detta var ett hem med snabba kast, där världsbilder lätt kunde rasa ner eller bytas ut, det förstod jag nu.

Du satt kvar i din stora fåtölj med en tjockare sjal över axlarna. Kinderna var fortfarande blanka, likaså dina ögon. Men du grät inte. Nej, du lyste upp när du såg mig. Bad mig komma närmare. Jag drog fram en stol bredvid och satte mig ner. Tog din ena hand, kände på den. Smekte och klappade, utan att säga något.

Båda sköterskorna hade redan gått, sagt hejdå för länge sen, men vi hade inte märkt något. Inte märkt att du hade druckit upp ditt vatten, att en av dem hade hämtat glaset, gått tillbaka ut i köket för att diska och torka ur, och sen hade båda kikat in igen för att säga hej, innan de klätt på sig och stängt igen ytterdörren.

Nej, vi hade inte märkt det heller.

Vi bara satt där i vardagsrummet, i eftermiddagsljuset. Så stilla hos varandra.

"Lilla du", säger jag och smeker din kind.

"Ja", säger du. "Jävla jag."

David och Goliat

JAG HADE VARIT PÅ SYSTEMET eftersom en kompis, Anders, skulle hänga med ut senare på kvällen. Ingen av oss hade direkt några pengar att spendera, så en parkbänk och några ölflaskor fick duga som förfest. Och inte bara duga, tvärtom, det var en budgetvariant jag välkomnade och speciellt tillsammans med Anders, som aldrig heller skämdes över att dricka ute i det fria.

Det regnade lätt, himlen var daskigt grå och jag njöt av vädret. Alltså ville jag träffa dig. Träffa dig bara en timme sådär, sen käka gott på McDonald's och sen börja supa. Jag skulle fördubbla euforin som kom av att något jävligt kul redan var inplanerat senare, jag skulle använda *det där* som ingen annan hade tillgång till, för att liksom hälla litervis med silver över timmarna fram till kvällen.

Att få träffa dig innebar en fantastisk, helt jävla klockren speed i livet just nu. Allt *annat* jag gjorde under dagen skulle förgyllas och liksom forceras av just den där förälskelsen.

Men visst fan, du skulle ju få besök idag, kom jag på. Eller? Tänkande stannade jag upp i ett gathörn. Du hade sagt något om det igår när jag kommit förbi, var det den där kvinnan Majken som skulle komma eller vem fan ...? Jag kom inte alls ihåg.

"Men jag skiter i det nu, jag måste få se dig."

Närmaste tunnelbana låg bara ett par meter bort och på mindre än en kvart stod jag i hissen, på väg upp till förälskelsen. Det spratt i hela kroppen där jag stod med systemkassen mellan benen. Tanken på att få supa som en tonåring inom några timmar gjorde mig ännu mer exalterad. Jag slogs av hur drickandet uppenbarligen var något som jag missat när jag var omkring sjutton–arton år, men på ett sätt kände jag mig mycket mer omogen nu, vid 25. Jag tänkte på hur utanför jag hade känt mig då, hur barnslig jag måste ha varit och det kändes pinsamt vid bara tanken på ...

"Ja, hej?"

Det var en man som hade öppnat!

"Oj ... eh ... hej ... är Thora hemma, eller?"

Jag kom inte ens ihåg att jag hade stigit ur hissen och ringt på din dörr, jag blev så chockad. Han var lång och mörkhyad, nästan svart och rätt stor men inte alls tjock. Klädd i starka färger och han såg misstänksamt på mig.

"Du vill träffa Thora, ja ... hon är här inne", sa han med typisk afrikansk brytning och släppte in mig.

"Jonas är det du?" hördes det inifrån vardagsrummet.

Jag svarade inte ännu, eftersom jag tog av mig skorna, något som jag aldrig annars hade gjort hemma hos dig. Under uppsikt också. Afrikanen registrerade att jag var redo att göra entré och gick före in. Jag tog min kasse och följde efter på gott avstånd.

"Hej, Jonas, hejsan."

Du sken upp från din fåtölj och manade fram mig. Men jag väntade lite. Först ville jag se var afrikanen skulle sitta. Han tog stolen framför skrivmaskinen och drog den bakom fåtöljen. Där, lite vid sidan, satte han sig ner, bredbent, och med ena armen slött liggande bakom ditt huvud. Den liknade en anakonda, vakande över sin kvinna.

Jag gav dig en lite för hastig kram och tog några steg tillbaka. Kassen följde förstås med i alla led, här ställdes inget på en ledig stol inte.

"Ja, ni har hälsat?" undrade du kvickt och gjorde för säkerhets skull en introduktion.

"Detta är Philippe, en gammal vän till mig, och detta är Jonas, en ny vän, kan man väl säga."

Afrikanen sträckte fram sin stora hand och vi hälsade.

”Jaha, här ska festas ikväll ser jag”, sa du med ett flin, ”är det mycket som ska förtäras?”

”Nja, inte så mycket, ungefär fem flaskor sådär.”

”Jaha, sedär! Ja, Philippe är här för att hjälpa mig att dansa, jag kan ju inte det längre som du vet och då brukar vi spela på stereon *där* och så … du är ju väldigt duktig på det”, fortsatte du och vände dig mot afrikanen. Eller snarare slog huvudet i honom, han satt ju så jävla tätt bakom dig.

Jodå. Philippe instämde i påståendet genom att tyst bara nicka och glo vidare på mig.

Snabbt replikerade jag med att skämta om hur jag nog var bättre på att dricka öl och lade till ett ”tyvärr” och ”haha” efteråt.

”Ja, precis”, sa du och skrattade också lite, för att liksom hjälpa mig på traven.

Men afrikanen rörde inte en min.

Under tre ögonblick observerade jag er tillsammans där ni satt. Ni liknade ett fotografi från den brittiska kolonialtiden, först Madame och sen den svarte tjänaren bakom. En kärlekshistoria så genomlysande, så förbjuden, men här fanns en påtaglig störning i bilden. Den humorlösa luften mellan er, en ömsesidighet, men ingen attraktion. Ingen sexuell laddning … Ni hade en gång varit ett par, men inte längre. Jag kunde se det nu.

”Vart är du på väg?” hörde jag dig säga i mina tankar, nästan psykedeliskt.

Du liksom blinkade till, utan att blinka.

Det var dags för den yngre, något klenare av männen att gå nu.

Med ett grovt tag om systemkassen, så att flaskorna klirrade som fan mot varandra, sa jag ett enformigt ”ok, hejdå” och såg på Philippe. Jag försvann ut i hallen. Kunde höra hur ni sa något till varandra medan jag satte på mig skorna, men inte vad.

Så just därför.

Stadigt travade jag tillbaka in i vardagsrummet. Du såg en aning förvånad ut och Philippe noterade skorna direkt. Jag förstod att han fördömde dem, eller snarare, fördömde mig. Verkligen ogillade situationen. Därför ställde jag mig på din vita matta och liksom släpade, gnuggade och drog skorna längs kanten under total tystnad. Ingen av er protesterade.

”Har du glömt något?” kom det från dig sådär lite tassande.

”Nej, inte alls”, sa jag kvickt och böjde huvudet neråt. ”Eller ja … jag skulle egentligen fråga Philippe här (och nu riktade jag blicken mot honom), om du har någon humor, men jag skippar det nu, tror jag.”

”Ja, jag tycker det verkar lite överdrivet”, sa du och för första gången svek du mig.

Var inte just överdrifterna sånt som du och jag skulle ägna oss åt?

Jag menar, vi hade ju i och för sig inte bestämt oss för absolut vansinne *hela tiden*, men var inte din våning ett dårhus där jag kunde släppa hästarna fria och effektfullt dunka huvudet i väggen, utan att bry mig om ifall någon jävel tittade på? Eller?

Tydligen blev du avskräckt under vissa omständigheter, som nu till exempel, och att vara ensam galning på plan är aldrig lätt. Philippe verkade inte ens ha greppat frågan, han bara stirrade på mig som vanligt.

Men du.

Dina ögon sa *det där*.

Ungefär som att ”älskade Jonas, jag vet att du gör ditt bästa här, men du behöver verkligen inte kämpa vidare, jag älskar dig och jag ringer dig sen”.

Speciellt ”ringer dig sen-delen” blev övertydlig och framstod mer likt en vädjan.

”Ok”, sa jag högt och bröt av. ”Jag ska gå nu, *verkligen* gå, jag lovar, men … är ni två tillsammans eller? För jag kan liksom inte se attraktionen mellan er, inte alls?”

Philippe tittade mot dig som för att söka hjälp. Den unge mannen hade alltså mage att först gå in med smutsiga skor och sen ifrågasätta …

”Nej, vi har en gång varit väldigt kära i varandra, men det var säkert 15 år sedan”, svarade du lugnt. Så överdrivet lugnt att jag nästan skämdes över mitt uppträdande.

Jag sa hej till er båda och ett ”trevligt att träffas” till Philippe. Sträckte fram min hand och han tog emot den.

”Vafan gjorde han det för när jag varit en sådan idiot?” tänkte jag när jag hade kommit ut i trapphuset och stängt dörren om mig.

Plötsligt kändes allt så fel och för mycket.

Jag hade burit mig åt, liksom rivit ner en mur där man inte skulle och trakasserat lokalbefolkningen utan anledning. Förutom detta hade jag blottat lite av min vansinniga läggning, men du hade inte stöttat mig. Det var nästan det värsta.

Jag började gå nerför den breda stentrappan. ”Eller kanske betydde den där Philippe något för dig även idag, trots allt.”

”Var det därför du inte vågade”, tänkte jag.

Nästa dag ringde du upp mig.

Ja, du hade försökt ringa mig redan kort efter att Philippe hade gått hem, men jag hade ju festat med Anders den kvällen. Du fanns på min telefonsvarare och önskade inget hellre än att jag skulle ringa tillbaka. Och när vi fick tag på varandra, pratade vi länge. Om oss, om Philippe, om romansen som du och Philippe faktiskt en gång hittat, men också om hur den tog slut. Men att han ändå håller kontakten, att han inte har övergivit dig bara för att du inte kan röra dig lika enkelt längre. Att han ändå kommer och dansar med dig, att han håller dig varsamt och känner av vilket tempo du klarar av just idag. Att Philippe fortfarande tycker mycket om dig.

”Det är klart att han gör det”, sa jag en gång till.

”Men vet du vad han sa, när du hade gått?” sa du och lät arrogant.

”Nej, vaddå?”

”Jo, han liksom stannade upp i hallen och sa att 'den där unge mannen kommer inte att besöka dig mer igen, *det kan jag lova dig*.'”

Jag skrattade.

Genast förstod jag att Philippe naturligtvis är en vänlig människa, dock fortfarande utan humor, jodå, jag hade gissat rätt. Och att du inte hyste några som helst kärleksfulla känslor för honom längre. Endast tacksamhet.

”Men i så fall Thora, varför backade du inte upp mig, när du märkte att jag liksom ballade ur sådär, när jag kom tillbaks in i rummet?”

Och jag vet inte om du bara hittade på en rädsla där på andra sidan luren, eller om den faktiskt var sann. Det där du sa, om att du var en gammal, rädd författarinna, som inte längre vågade trotsa på samma sätt och så vidare. ”Men det stämmer fan inte”, tänkte jag under din monolog.

”Fast när du fick mitt första brev, Thora, jag vet ju att du blev vettskrämd då, mycket mer än nödvändigt i och för sig, men du vågade ju ändå träffa mig sen?”

”Ja”, sa du trevande. ”Det … det är väl något hos mig som jag måste göra för att leva. Jag måste våga ta chanser, chanser som med dig, annars dör jag, bara sådär. Det ligger på något sätt i min natur, även om jag vågade mer när jag var yngre, så att säga.”

”Men tyckte du om det där brevet eller?” undrade jag, utan att egentligen ha reflekterat över det du nyss hade sagt. Inte brytt mig alls, faktiskt.

Jovisst. Du erkände att du hade blivit skrämd av mitt första brev, men på ett positivt sätt. Innehållet hade penetrerat, men du fick liksom inte *röra vid*.

Och väninnan Majken hade vägrat att ge råd om *hur* du skulle agera på mina närmanden, hon ville inte bli beskylld senare för att ha kommit med dumma förslag. Däremot hade din dåvarande psykolog med bestämdhet sagt nej. Du kunde erinra dig hans exakta ord efter att du låtit honom granska texten.

”Detta kommer från en oerhört manisk ung man som kan vara farlig, och dessutom behöver psykisk hjälp.

Förälskelse

ALLTSÅ BÖRJADE JAG SPRINGA upp till din våning allt oftare. Att komma helt oanmäld gav den bästa effekten för oss båda, därför memorerade jag snabbt din portkod. Plötsligt bara fanns jag utanför din dörr och du kunde höra att det var jag. Sa att min ringsignal lät högre och jämnare, inte som andras.

Och sen välte jag omkull hela din vardag, men du var inte rädd längre.

För när jag kom så blåste orkanen in i alla rum, och din ångest sprang haltandes undan och låste in sig i sin bur. Sur och maktlös såg den på hur du skrattade, hur du älskade, hur du kastades upp i luften och aldrig kom ner igen.

Precis som jag.

För innan förälskelsen på det där biblioteket.

Jag hade levt ett rätt ostadigt liv under en längre period. Porrfilmer och drickande dominerade mina helger, speciellt när jag inte satt i Konsums kassa och skällde ut kunder på grund av stressen. Mitt humör var labilt som fan, jag drevs mot en punkt där inget längre spelade någon roll. ”Gör vad fan som helst Jonas! Ta ut hela mormors arv och dra till USA! Skit i utbildning och ligg på en strand och knulla i ett halvår” och så vidare.

Därför att jag inte hade fått ett rejält jobb, därför att jag såg nästa arbetslösa termin framför mig, därför att jag bjöd mina polare på sprit, tack vare mina föräldrars pengar.

Och så förvåningen över att jag egentligen inte hade så många polare. Jag hade känt mig utsatt för något.

Men alla problem glömdes bort eller snarare *förträngdes* när jag träffade dig.

Den där onormala förälskelsen, när jag springer upp till dig, ibland vid lunch eller middagstid. Ofta hade du käk till mig också, eller om jag sprang ner på hörnet och köpte något. Sen bara satt vi där och åt. Ensamma. Tillsammans. Pratade och skrattade. Jagade bort din ångest och var förälskade.

Så annorlunda från andra förhållanden vi båda hade upplevt, eller snarare, som du hade upplevt. Jag hade bara haft ett förhållande på ynka två månader, med en tjej som egentligen aldrig ville och sen en del engångsknull med båda könen. Andra ”frilansare” så att säga.

Du däremot, du hade ju erfarenhet från i stort sett allt. I ditt fall kunde det handla om allt från äktenskap inklusive barn, till en kortare session, kanske på Strängnäs stadshotell, och sedan fort hem till den äkta mannen som ivrigt frågade vad du hade tyckt om Strängnäs domkyrka, så visst.

Men redan första gången vi såg på varandra, så intensivt att vi nästan darrade. Redan där på biblioteket, i kön, när du vände dig om och skrattade till sådär provocerande ... Så *ungt* och oändligt du skrattade. Och jag tänkte *”det är precis sådär hon knullar”*. Lika ungt och oförsynt, som hon ser på mig just nu.

För jag kände redan då, jag kunde känna din ungdomlighet ...

Kunde aldrig se din ålder, bara humorn och det sexuella som flödade mot mig och sen kombinationen; det *fräscha* i en obunden människa, det bekymmerslösa, *befriande* knullandet som aldrig skämdes.

Och jag skämdes inte heller.

Men så jävla försiktiga vi var under förälskelsen.

Om du fick för dig att byta behå sådär på eftermiddagen, *bara för att*, så lämnade jag alltid rummet. Självmant dessutom. Sen ropade du "klar", eller om du möjligen ville förtydliga, kunde du säga att: "Nu sitter jag iklädd både behå *och* en tjock tröja över."

Då kom jag tillbaka in. Förälskelsen fortfarande intakt. Faran var över, så att säga.

Dessutom ville du övertyga mig om att du slutat med sex för flera decennier sedan. Om jag inte minns fel, var det bland det första du sa till mig, efter att vi blivit ensamma i ditt kök, samma kväll som den där balkanfesten. Att du hade slutat med sex *för flera decennier sen*, så jag behövde inte gå än. Och du sa att jag var vacker där på andra sidan bordet, i nattljuset. Med en skål, fylld med nyponsoppa från dig. Hur jag i alla fall påminde om tiden, *tiden när du fortfarande.*

Men det sexuella kom att överglänsas av något annat just den kvällen.

Allt vi sa, liksom sprang ur nyfikenheten på den andra människan. Ur det förväntansfulla. Vi hade hittat en ömsinthet och kunde bara inte sluta ta ifrån den. Aldrig att vi hade förnuft att resa oss från det där köksbordet och säga "nej, nu stänger vi igen och ses i morgon istället".

Vi hade dock en lek inne i sängkammaren som hette "att ligga på sängen". Den gick ut på att vi lade oss på din säng, du innerst och sen jag. Och sen bara låg vi där och stirrade upp i taket och pratade om livet. Betraktade allt från vår synvinkel, Thora och Jonas, och skrattade mycket även i den ställningen. Ända tills någon ringde på dörren.

Det kunde vara hemtjänsten och de hade egen nyckel, det hade du förvarnat om.

Då for jag upp likt en katapult, satte mig bredvid sängen istället på en förberedd stol, och smekte din hand. Sådär som man gör med någon som snart ska dö.

Och aldrig att jag tvekade om att ligga på sängen med dig.

Förutom första gången, när du hade haft en ångestattack och försökte samla dig.

När jag satt bredvid dig på sängen och vi höll varandras händer. Du satt så hopsjunken, så livlös. Sen makade du in dig mot väggen och gjorde plats. Du ville känna närhet från någon och det fanns ingen sexuell anspelning i din önskan.

"Om Jonas bara kunde ligga bredvid ett tag och prata lite, få mig att skratta ..."

Jag såg det på dig. Dina ögon var slutna, energin hade förbrukats. Du var så jävla matt. Liknade nästan en mumie som kunde börja röra på sig när som helst. Bara låg där och väntade. Jag försökte behålla kaxigheten från det där första brevet men nu sprang istället nervositeten runt inne i kroppen. Pojkaktigheten. Motståndet.

Sakta lade jag upp benen på sängen ... Som att krypa ner i en isvak.

Men när du bara låg där. Stilla och bara ville hålla hand, inte ens prata, för du nästan sov. Din ångest blev tillintetgjord, jag förstod hur mycket min närhet kunde ge. Jag klappade dig på kinden och kände hur mycket du tyckte om att ligga på sängen med mig. Känna hur stillheten kommer och att jag har tid för dig. Att jag inte alls var rädd eller obekväm inför dig.

Du ringde upp mig dagen efter det där första "sängliggeriet", men jag kunde inte svara just då. Du talade in ett försiktigt meddelande.

"Ja Jonas, det är Thora här. Tack så hemskt mycket för igår, tack för att du kom och tack för att du ville ligga bredvid, så att säga. Jag menar, jag kanske råddade till det när jag bad om den där, vad ska vi säga, *sänggesten* liksom?" Du stannade upp.

"Ja, så nu kanske förtrollningen är bruten, du kanske har tröttnat, vad vet jag, en ynklig gammal kärring som jag. Hoppas att du fortfarande tycker om mig. Hej."

Men jag undvek dig just den dagen.

Inte alls för att förtrollningen brutits, inte alls för att jag tyckte sämre om dig. Det kändes bara skönt att få andas. Få luft och rymd. Det hade ju trots allt varit ett stort steg för mig, situationen måste svalkas av. Betänkas.

”Hoppas du förstår … hur jag menar”, sa jag och försökte låta saklig och vänlig, när jag ringde upp senare.

”Jamen Gud”, sa du och skrattade. ”Jag tycker att vilken kvinna som helst som lyckas få en femtio år yngre man i säng borde visa lite förståelse, det ligger liksom i hennes generation.”

Och jag minns söndagsmiddagen samma vecka. När mamma och pappa visste om, men inte allt. Även min syster kände till, men hon brydde sig nog minst av alla, inklusive oss två.

Pappa hade lagat en stek som serverades med sås, potatisgratäng och kokt broccoli, och vi hade precis börjat äta. I normala fall brukar väl någon av föräldrarna fråga sina barn hur det går med flickvännen eller pojkvännen, men här var det ingen som frågade hur det gick med Thora Wall.

Istället började pappa prata om sin barndom, som tidningsutdelare. Eller rättare sagt, sin tonårstid, när han fick extrajobb som tidningsdistributör. Han hade fått chansen genom ett vikariat och skulle egentligen bara ha arbetat över en sommar, men vikariatet blev förlängt och han tjänade faktiskt rätt bra. Alltså behöll han jobbet som extrainkomst, under hela sin realskoletid. Och han klev upp ungefär en kvart i fem varje morgon för att hinna sin runda, *innan* skolan började.

”Som sagt”, sa pappa, ”en bra inkomst, ungefär 1 500 kr i månaden efter skatt i dagens penningvärde, fast jag har aldrig tjänat så bra som när jag arbetade som lagerarbetare. Då jobbade jag nämligen nattskift och det var ju dubbelt betalt i ob-tillägg. Och tänk att det alltid var någon kille som blev sjuk och så kunde man hoppa in.”

”Och sen träffade du mamma och ni adopterade en son, som senare hade ett förhållande med Thora Wall”, fyllde jag i och skrattade.

Mamma gjorde en ansträngd min av bävan medan pappa ignorerade mig och fortsatte sin historia:

”… och vi jobbade liksom i lag och min uppgift var att köra en truck och lasta pallarna med varor. Det stod också en annan kille och tog emot vid pallen, annars gick det ju inte.”

”Jag tycker inte du ska segla för mycket på det där, det kanske inte är alla som blir lika imponerade”, sa mamma vasst.

”Menar du mig eller pappa”, sa jag och skrattade.

”Jag menar fak…”

”Jaa, *jag vet vad du menar*”, avbröt jag med ett stön. ”Du vill veta om jag har haft sex med Thora, eller hur? *Det är ju det ni vill veta.*”

Men det var inte bara det.

Samtidigt ville mina föräldrar veta hur *dina* barn samt barnbarn hade reagerat, för naturligtvis hade alla åsikter om Jonas och Thora. Denna högst obekväma angelägenhet.

Alltså slog vi huvudet i alla oskrivna regler som liksom hängde ner från taket i din våning. I varje rum, och det var inte bara sexuella förbud. Även om vi bara hade velat supa varandra under bordet och hälla ut varann på golvet, så hade vi fått sota för det. Och inga barnsliga kuddkrig i sängkammaren heller, tack! Sånt kan lätt urarta och exponera obscena detaljer.

Så underligt, att allt vansinne och all mani som du och jag delade under förälskelsen, *att det ändå hade en gräns.* Allt var upp och ner, utan reson, men inom vissa gränser.

Därför att en nyfödd kärlek mellan två människor kan göra dem väldigt unga.

Spelar ingen roll hur oskuldsfullt verbal, ömsint eller bara psykisk, vederbörande försvarar att kärleken är. Det finns en inhägnad, byggd av anhöriga, dit man snällt går.

Speciellt när sonens ”flickvän” är en 52 år äldre, rikskänd författarinna, med ett omtalat tycke för afrikanska danser och kåthet till vardags.

Trotsandet

JAG HADE VARIT HEMMA HOS DIG och det var sent på kvällen.

Vi hade haft roligt och skrattat mycket, legat i soffan och tramsat med kuddar, sett på TV och förlöjligat seriösa program med mycket nöje.

Men som ett hinder för denne Romeo och hans Julia, dessa unga människor, stod det faktum att jag strax måste bege mig av hemåt. Till Huddinge. Och pendeltågen gick bara varje halvtimme vid denna tidpunkt, utan pardon.

Trots en obligatorisk känsla av att *jag måste hem nu*, så ville jag stanna kvar. Jo, jag ville sova över, denna första, enda gång, men jag avslöjade inget för dig. Inte förrän jag tänkt ut vad fan jag skulle säga till dem därhemma. Skulle jag ringa och ljuga om att jag sov över hos en polare, eller skulle jag bara skita i att ringa och komma hem jävligt tidigt på morgonen, innan någon hunnit vakna? Men i så fall skulle jag tvingas lämna dig redan vid halv sju eller kanske ännu tidigare.

Plötsligt avslöjade jag min hemlighet för dig. Denna galenskap, att jag ville stanna kvar!

”Men *vill* du verkligen det?” undrade du förvånat. ”*Kan du det?*”

”Jag skiter i att ringa”, sa jag lugnt. ”Det spelar ingen roll, de sover ändå så här dags.”

Och så hade jag skapat ännu en stund på jorden att få skratta med dig. Innan nattsländan dör, innan domen faller över dem som egentligen inte får och så vidare. Så väldigt riskabelt.

Och det märktes i vårt beteende att vi bar på en oro.

Ett fel, som vi ständigt kunde rätta till. Varje minut kunde någon av oss säga: ”Vänta, hjälp oss. Detta är inte rätt.” Men ingen av oss ville vara den trista, den med reson.

Istället skyndade vi. Under ständig uppsikt av anhöriga, så kändes det. En påtaglig ångest i vår glädje, ett tunt draperi som sporadiskt fladdrar upp, det sitter löst i anordningen. När som helst kan det rivas ner, och där står vi. Andfådda och nakna i duschen.

Men riktigt så långt hade vi inte kommit ännu. Nej, vi hade liksom fastnat i ett arrangemang av min sovplats.

Första tanken var att jag skulle ligga på soffan i vardagsrummet, men då skulle vi behöva skrika till varandra och det kändes lite ansträngt. Överambitiöst inför de närmast sörjande, nej så fega behövde vi inte vara. Du påminde mig om en madrass, som låg ihoprullad överst på ett av dina klädskåp i din sängkammare och vi begav oss dit. Madrassen kom ner på golvet, och vi samlades runt den. En möjlighet, en lösning – i detta så överdrivet försiktiga.

”Du kan väl lägga madrassen *på* min säng, bredvid mig.”

Du sa det rappt och skämtsamt, eftersom du insåg att du själv aldrig skulle få plats i så fall. Du befann dig mitt i äventyret. Du skrattade.

”Nej, jag tycker det är bäst om vi lägger madrassen *på golvet*, *bredvid* sängen istället.” Jag lät mycket mer saklig än du, mer organiserad. Tveksam och orolig. Inte alls lika lekfull, fast jag försökte. Madrassen fick ligga på golvet.

”Jag måste nog ringa hem i alla fall, Thora”, sa jag plötsligt. Vi hade tagit fram lakan och kuddar och jag hade drabbats av bekännelseångest. ”Men visst fan måste jag väl kunna säga som det är”, tänkte jag tyst och satte mig ner på din säng.

Du satte dig bredvid.

”Du kan ju ta telefonen i vardagsrummet istället, om du vill prata mer privat, så att säga", föreslog du. Din röst hade formulerat en viss oro, utan att du hade märkt det. Utan att du ville.

"Nej, va fan", sa jag och slog numret på telefonen bredvid sängen.

Mamma svarade efter en signal.

"A, tja, det är jag. Jag skulle bara säga att jag sover över hos Thora i natt, för hon mår dåligt. Jävligt dåligt faktiskt."

Jag kände att *jag* kunde hantera situationen, men du stirrade ner i golvet. Och när du kunde höra hur min mamma började sätta emot, när du hörde henne säga:

"Jonas, jag tycker det är olämpligt, men du gör ju som du vill."

Men istället för att argumentera emot sa jag som det var, *att jag hade ljugit*, att Thora inte alls mådde så jävla dåligt, att vi hade haft jävligt kul, och att jag faktiskt själv ville stanna kvar.

"Det var min egen idé, mamma."

Sen lade jag på luren, bara sådär. Avbröt hennes sista replik.

"Jag vill att du går nu", sa du. "Åk hem, snälla."

Jag gav dig en kram och kände hur du darrade. Du var skärrad.

Vad trodde mamma egentligen? *Vad trodde du att mamma hade trott?*

Att Madame Wall inte kunnat låta bli, att hon dragit ner hennes oskyldige son i sexträsket? Du måste ha känt anklagelsen den kvällen. Under telefonsamtalet, speciellt.

Du såg visionen som du förmodade att min mor hade av oss, av dig. Hur du sliter i mig och kvider att jag ska slänga på den där jävla luren i örat på henne, "och sen släcker vi lamporna och knullar runt som fan!".

"Är det verkligen säkert att du vill att jag ska ta en taxi hem?" undrade jag. "Det känns som att jag sviker dig, jag hade ju nästan lovat att stanna, jag *stannar* om du vill?"

Hade du sagt ja, hade jag stannat och vi hade varit stumma. Inte kunnat prata, ännu mindre skämta. Ett rent misslyckande. Ändå kunde jag inte bara gå därifrån, du verkade så tillrättavisad och förtjänade liksom allting bara därför. Men du tvekade inte alls.

”Jag är också mamma, även om jag inte är en lika bra mamma som din. Och jag vet hur *jag* skulle känna mig, om någon av mina söner befann sig i samma situation. Jag är inte alls arg på dig, inte alls. Men åk hem nu, Jonas.”

Fast innan jag försvann, måste madrassen upp på sin plats igen.

Annars skulle du bli tvungen att förklara dig inför hemtjänsten nästa morgon och det hade du inte alls lust med. Men att rulla ihop en tjock madrass för att sen binda ihop den med ett snöre var inte det lättaste. Den liksom stretade emot, trotsade oss, fast vi sa till den, men nej. Den ville inte alls rullas ihop. Istället kastade den sig ut på golvet igen. Om och om igen, modigt och vackert. Sådär som vi aldrig vågade.

När jag kom hem lyste det nere i gillestugan. Mamma satt förstås uppe och väntade. Inväntade. Jag gick förbi henne med ett tystlåtet ”hej” och satte mig framför TV:n som var avstängd. Hon sa ingenting men så fort jag såg henne ville jag åka tillbaka igen. Bara ta en taxi hem till dig och låta den här jävla natten äga rum. Vara nära dig.

Men nu var jag hemma.

Och tanken på att du säkert sitter kvar där på sängen, bara lämnad. För en stund sen hade ett äventyr i alla fall berört dig, du var *med om* villervallan, du var en huvudperson i dramat men plötsligt! Allting bara rycktes ur likt en väggkontakt, och du blev kvar. Madrassen är tillbaka på sin plats, Jonas har gett sig av och ingenting är längre *på väg att.* Din sängkammare är stum och dina saker på toalettbordet jublar inte längre

Jag kom åtminstone hem till något.

”Hur mår Thora nu, jag hoppas hon … blev hon ledsen?” började mamma och liksom trevade sig försiktigt fram.

”Jag vet inte hur hon mår, men jag är ju hemma nu”, svarade jag kyligt och stirrade in i TV-skärmen. Men istället för en fruktansvärd trötthet kände jag hur ett reservbatteri slet upp mig, gång på gång, en rasande energi som nu istället måste *pressas ihop* till ett ynka jävla förbigående, under de timmar som fanns kvar av natten. Men jag skulle komma tillbaka igen, redan när det började ljusna. Jo, fan. Det skulle jag.

Men du svarade inte när jag ringde upp dagen efter.

Klockan var nästan halv nio och det var lördagsmorgon. Jag kände sån jävla lust att få snacka med dig och det spelade absolut ingen roll om vi båda skulle vara dödströtta efter gårdagen. Det var nu jag skulle komma över till dig och ge dig min morgon, precis som i melodin av Fred Åkerström, precis lika kärleksfullt.

Jag ringde igen och sen igen efter en kvart men nej. Inget svar. Vafan har hänt, tänkte jag och på två minuter stod jag med ytterjackan på. Har hon fallit och slagit ihjäl sig?

Eller har hon haft en ångestattack och tagit livet av sig istället?

Jag bara satt där på pendeltåget och malde samma tankar, och sen en tredje. Om att tågjäveln kör så satans sakta, om att tåget kör så satans jävla sakta … Det enda jag ville var att komma fram till stationen, gå av tåget och börja springa!

Men jag hade glömt bort din portkod. För första gången.

Frenetiskt tryckte jag på just de siffror som jag visste skulle ingå, *jag visste ju detta för fan*, men det gick inte. Jag ringde på porttelefonen och hämtade andan. Såg mig omkring. Noterade den folktomma gatan. Efter tre signaler svarade en röst jag kände igen som Majkens.

”Hos Thora Wall, hallå?”

”Vafan är det för jävla portkod till huset? Har ni bytt eller?”

”Ursäkta?”

”Det är jag, *Jonas*, vad är det för kod in till huset? Är Thora ok eller?”

Kvinnan registrerade uppenbarligen min speed och blev antagligen skrämd. Utan att ge mig koden sa hon att jag skulle få prata med dig. Hon skulle hämta dig och jag väntade.

”Jonas, är det du?” hördes det genom knastret.

”Ja, kan du ge mig koden Thora, jag kom för att kolla att du var ok. Vafan svarade du inte för när jag ringde tidigare?”

Du förklarade att Philippe var hos dig nu, att ni hade dansat och haft så roligt. Du hade inte hört att telefonen hade ringt och … nej, det hade inte Majken heller. Det måste vara något fel på den.

”Men Jonas … jag är så tacksam för att du har oroat dig, verkligen. Jag förtjänar liksom inte det, inte nu när man är så här jävla gammal.”

”Nä, eh … ok då.”

”*Nej, men det är sant*. Jag tycker verkligen väldigt mycket om dig. Kom snart igen, lova det?”

Och plötsligt existerade ingen anledning till att vara frustrerad. Ingenting att oroa sig för, eftersom du hade försäkrat mig *om*. Ett par sekunder gick och efteråt kände jag mig lättad. Befriad. Att du kunde förstå så väl, tänkte jag. Att du bara kunde greppa tag om min frustration, lyfta upp och bära bort den.

”Ja, jag lovar! Absolut!” började jag.

”Jag kan komma redan i morgon, vid elva.”

När jag kom hem hade båda mina föräldrar gått upp.

De satt vid frukostbordet, jag kunde se dem i hallspegeln när jag slängde av mig jackan.

Utan att tänka på hur jag skulle agera gick jag in i köket och lutade mig mot kylskåpet.

Jag sa hej.

Pappa blickade upp från sin tidning. En snabb men informativ blick. Började läsa igen. Jag kunde se att mamma hade berättat för honom (naturligtvis) och möjligheten fanns att han nu inväntade en replik från mig, som inledning på debatten.

Men jag sa inget mer.

Bara stod där, 24 år gammal och mitt uppe i trotsåldern.

Kvinnan och pojken

HUR SKULLE DET KÄNNAS? Vad skulle vi göra först, som början på vårt nya liv?

Kanske gå ut och äta eller ta en sväng på stan, men du fick bara inte säga nej, säga att du inte orkade gå ut just idag. *Nej, det fick du fan inte.*

Efter att ha ringt på din dörrklocka två gånger, hörde jag hur du ropade avlägset därinifrån.

”Hallå! Det är öppet, kom in!” Jag tryckte ner handtaget och hojtade glatt:

”Det är jag, Thora!” Jag tog inte av mig någonting, vi skulle ju ändå strax gå ut, du skulle bara få göra dig i ordning.

”Ja, hejsan”, sa du, och som vanligt satt du i din vackra fåtölj i vardagsrummet.

Jag drog fram en stol, satte mig ner, kysste dig på kinden och klappade om ditt huvud.

Men du orkade inte gå ut idag. Du satt så skönt nersjunken och tillbakalutad, inte alls sådär jävla *på*, som annars.

Jag reste mig och gick fram till ett fönster. Jag ville verkligen lämna den här våningen och bara vara ute med dig en stund. Dessutom var det ju bra om du rörde på dig och jag skulle ju visa att det inte fanns några begränsningar, att vi kunde vara så jävla vansinniga på stan inför vem fan som helst, bara vi kommer ut ifrån våningen.

”Du kommer inte att frysa om vi går ut, solen skiner … vi kan väl bara ta en promenad till ett fik kanske. Bara så vi fräschar upp det där gamla mellan oss, jag tar med extra vatten ..."

"*Nej Jonas*, jag orkar inte!"

Ditt tonfall spetsades till, jag reagerade och du märkte.

"Ja, jag vet inte vad fan det är för fel. Jag ... jag är för trött helt enkelt. Jag sov väl dåligt i natt."

Jag slutade tjata där. Bara sådär.

All energi rann ur mig, sjönk ner i mattan under och var förlorad. Omöjlig att få tillbaka.

Jag gick bort mot skrivmaskinen och satte mig ner i stolen framför. Snurrade sakta ett varv.

Plötsligt var vi ännu mer ensamma än förut. Rummet blev så stort och så tystnaden.

"Jag vill inte att vi ska ses mer," säger du plötsligt.

Och jag hör exakt vad du säger men svarar inte.

Något börjar slitas isär. En revolt på avstånd, men nej. Jag svarar inte. Stirrar bara tomt framför mig när du upprepar:

" ... jag tycker inte att vi ska ses mer ... eller i alla fall ta en paus."

Fortfarande sitter jag förstummad (men inne i hjärnan *springer* jag för att fånga något framför mig, springer så jag ramlar, men jag hinner inte ikapp, satan också!).

"Du ska inte förebrå dig själv för det som hände förra kvällen, Jonas, inte alls. Det är inte ..."

"Men vad fan är det då, *säg*!"

"Ja ... jag vet inte ... jag tror bara det blir bäst så, om vi i alla fall tar en paus."

Och nu öppnar sig sprickan i marken, den river fram med full kraft och spränger upp gapet mellan oss så jävla snabbt att jag tappar balansen och faller ner. Men du försöker inte ens rädda mig, utan står lugnt kvar på din kant. För du *kan* inte svara på min fråga, dessutom skiter du i det.

Jag reser mig från stolen och sliter ur pappret ur skrivmaskinen, så att valsen rycker till. Jag vill inte lämna minsta spår kvar av mig, inte ens det tomma pappret som jag endast vidrört, nej *allt* ska med ut. Känslan av att vilja slå dig, bara slå ur dig en förklaring, en förlåtelse för att du har sårat mig. Jag går ut i hallen. Du följer sakta efter och sätter dig ner på en stol.

Jag tränger mig förbi, in till vardagsrummet igen för att kolla att jag *verkligen* inte har glömt något.

”Kom hit så vi kan prata, Jonas.”

Din röst vädjar till mig, du låter osäker, precis som jag önskat.

Men jag ignorerar dig. Stannar framför spegeln och bara står där. Glödhet. Explosiv.

”Om jag närmar mig dig nu”, tänker jag, ”om jag kommer närmare dig nu så kan jag gå rakt igenom konflikten, jag kan trasa sönder den och hitta dig på andra sidan.”

Men jag vill inte längre.

”Jonas, det gäller bara en paus och jag vill inte alls förstöra, jag tycker så mycket om dig, men jag är …” Jag vänder mig om.

”… ÄR så jävla in i helvete rädd!” säger du. ”*Rädd* för dig, *rädd* för din mamma, för din pappa … Jag har blivit en rädd gammal kärring …”

”Sånt JÄVLA skitsnack Thora! Inte *FAN* är du rädd för något, när var senaste gången du brydde dig om vad en killes jävla morsa tyckte om *dig*? Men om du nu är så jävla feg så skiter vi i allt!”

Jag sliter tag i min jacka och går ut. Smäller igen dörren bakom mig så hårt att en träbit lossnar från ornamentet och äntligen! Äntligen hade jag lyckats fånga det där som jag sprungit efter.

Det där som jag hade jagat.

Nere i sprickan

NÄR JAG KOM HEM DEN eftermiddagen hade det kommit post till mig. Från Stockholms universitet. En sån jävla tajming, fan också, tänkte jag. När jag verkligen bara vill vara ensam, jag orkar inte med skiten, jag drar tillbaka in till stan.

”Men ska du inte öppna det, det kan ju vara viktigt, det gäller ju antagningen”, sa pappa lite barskt. Hans ansiktsuttryck avslöjade honom, han frågade sig liksom om jag överhuvudtaget brydde mig om min utbildning längre?

Nej, det gjorde jag faktiskt inte, men jag sa inget. Och utan att jag längre kunde förtränga eller kasta bort framtiden, som förut under förälskelsen med dig, tvingades jag nu öppna det där jävla kuvertet. Mina föräldrar samlades ivrigt omkring mig för att se resultatet. Även om spänningen hade fått en viss missfärgning, när sonen visat ett sånt ointresse, och så lakoniskt också. Jag läste upp högt:

”… bla, bla, bla … meddela att du blivit antagen till engelska 21–40 poäng, vid Stockholms universitet, höstterminen 2004 … Jaha, det var det.”

Jag rörde inte en min. Kom inte ens ihåg att jag sökt till den här kursen. Gav kuvertet med innehåll till pappa och gick ner till gillestugan.

”Men det var väl jättebra!” ropade mamma glatt och såg efter mig i trappan.

”*Vem fan bryr sig?*” ropade jag tillbaka.

”Äh, han är ju inte klok”, hörde jag pappa kontra.

Men vem var det som faktiskt tackade *ja* till den där kursen i engelska trots allt?

Vem var det som ryckte upp sig och dessutom anmälde sig till den där vikariepoolen för lärare dagen efter?

Sen gick jag ut på stan med Anders och söp skallen av mig sådär välförtjänt och på nattbussen hem kom jag på att jag naturligtvis hade glömt nyckeljäveln hemma. Fan också!

Jag ville verkligen inte väcka mina föräldrar när jag var full, det skulle bara komma en lång harang om hur jag betedde mig oansvarigt och så vidare … Nej. Istället bestämde jag mig för att sova på garagetaket den natten.

När jag vinglat fram till huset, gick jag runt på baksidan och hämtade den tunga stegen av järn som jag visste skulle ligga där någonstans. Den vägde faktiskt flera ton men det var absolut värt besväret för att slippa möta föräldrarna. Jag ställde den så stadigt mot garageväggen jag förmådde och klättrade upp.

I tio minuter klarade jag av att bara sitta upp i kylan, sen klättrade jag ner, tog mig till ytterdörren och ringde på. Jag var tvungen att spy.

Klockan halv sju väcks jag brutalt av att telefonen ringer. Men jag låter överraskande fräsch (eftersom jag är en väluppfostrad pojke) när jag med något skör röst säger ”Ja, det är Jonas?”.

Det är från en skola på Södermalm och en kanslist undrar om jag kan ta ett vik idag och imorgon. Det gäller högstadiet, ämnena är musik, svenska och engelska. Minst musik, bara en dubbellektion. Och i ren förvåning över hur snabbt jag fått ett jobb, accepterar jag hela arrangemanget och lägger på luren. Ett nytt liv har börjat och jag sätter mig upp i sängen. Sträcker på mig … och känner en *fruktansvärd* huvudvärk. Spriten kluckar runt i skallen och jag börjar 08:10.

Precis innan jag lämnar hemmet slänger jag ner några musikkassetter från 1980-talet i ryggsäcken. Till den där musiklektionen, eftersom jag inte kan spela något instrument. På pendeltåget in planerar jag en musikfrågesport, som ska bli min räddning. Några klassiker borde de ju känna till, de går ju ändå på högstadiet, tänker jag.

Men hela förmiddagens lektioner gick relativt ok, förutom att jag inte kunde vända på huvudet alltför snabbt på grund av spriten, som fortfarande plågade mig. Vid 12:20 hade jag fått i mig det minimala jag kunnat av skolmaten, nämligen fyra glas mjölk, absolut inget mer.

Tio minuter senare stod jag beredd inne i musiksalen. Vid pianot, med närvarolistor i handen. Det skulle komma elever från två klasser och sen två extra elever från särskoleavdelningen.

Men det kommer inte en käft.

Klockan på väggen visar sju minuter över.

Kanske väntar de utanför, men det är klart som fan att de ser att dörren är öppen. Det är ju bara att traska in. För säkerhets skull går jag ut och ser efter. Men det är tomt. Ingen där.

"Den här timmen är alltså inställd", tänker jag. "Fan va skönt!"

Sakta stänger jag dörren om mig. Går fram och sätter mig vid pianot igen. Något enstaka tjoande från skolgården hörs ibland. Annars är omgivningen tyst.

Så skönt att det är tyst.

Och alla instrumenten längs väggarna. Alla gitarrer, alla blåsinstrument och två basfioler borta i hörnet. *Att ingenting hörs just nu,* att inga killar i åttan liksom våldtar trumsetet just nu. Att jag bara kan sitta här och tänka och aldrig mer yttra ett ord.

Jag kan höra tystnaden, fast hela skolan egentligen dånar av ljud.

Men här, *i det isolerade,* hörs nästan ingenting … jag sänker ner huvudet …

… jag är hemma hos dig …

… sitter bredvid din säng på en obekväm stol, du ligger i sängen, en man ligger bredvid dig, ni är nakna, han har hår på bröstet, hans kraftiga armar ligger virade om dig och du skrattar, skrattar *åt mig, du hånar mig* och jag måste sitta kvar, får inte resa mig och börja hata, för nu ska jag få se, *få se hur du vill bli knullad, se hur du vill bli tagen* av *den här mannen som är så sexig*, han som gör dig kåt, och du skrattar medan ni knullar, oavbrutet skrattar du, du lever, du äcklar mig, du säger:

”Se här, vad du inte kan, se på det som du är så värdelös på, som du aldrig kan ge mig, du kan aldrig göra mig kåt, aldrig …”

… och du är kritvit i ansiktet, *kritvit* när du reser dig från sängen, lämnar rummet och jag ser på mannen, han vill att jag ska ta din plats, ”aldrig i livet” tänker jag.

Du är tillbaka och du kan gå fritt, jag tror inte mina ögon, *du dansar*, väggarna i rummet är turkosa och mörkblå, du lyfter benen högt och mannen sliter av täcket helt och blottar sig, ni är båda kåta och vansinniga och jag är den trista, jag vill inte vara med längre, *jag är inte så jävla som ni*, jag är inte kåt, men jag måste … måste vara kåt …

”Hallå?”

Jag rycker till. En människa har öppnat dörren till musiksalen. Hon talar till mig.

”Ja är det du som är Marie Karlssons vikarie, det är det va?”

”Eh … ja …”

”Men har ingen sagt till dig att du ska vara i stora aulan på musiken, står inte det på hennes schema!?”

” …?” (jag sitter som förstummad)

”Ja, det spelar ingen roll, du får skynda på nu, de har ju väntat i säkert femton minuter, det är ju kören idag!”

”Kören?” utbrister jag.

Fortfarande avstängd, fortfarande i ett slags koma och bakfull, följer jag släpande efter människan som hastar igenom skolan i nötta träskor. Och snart kan jag höra ljuden, jag kan höra det mullrande sorlet, skriken och skratten … Människan öppnar dörrarna till den stora aulan och.

Därinne står sex tusen elever och en flygel.

Nästa dag gick betydligt bättre. Ingen musik på schemat.

Jag får liksom *till det* med eleverna och pratar med andra lärare i personalrummet. Någon undrar om jag kunde vikariera för honom både på torsdag och fredag och en annan väldigt erfaren, kvinnlig lärare, säger att jag borde söka till lärarutbildningen. Säger att det märks så tydligt om man passar eller inte och jag tar åt mig, säger "jaså, jaha tack" sådär en gång för mycket och suger på karamellerna som människorna ger mig. Andra människor, *normala* människor från det där som är schemalagt och kallas yrkeslivet.

Så långt bort ifrån det andra och när dagarna hälls upp som friskt vatten framför mig, *kraftigt* så att det plaskar över kanten, när jag lyssnar på musik i freestylen och rusar in till stan med morgontrafiken, när jag känner en drive och bara låter bli helvetet som hänt …

Det finns en ro någonstans i normaliteten.

Jag kan inte hitta den, men *känner av* den. Ett skäl som får mig att fortsätta vikariera men plötsligt under en lektion börjar min mobil att ringa. Jag har glömt att stänga av den och av bara farten svarar jag. Eleverna flinar till.

"Hej, Jonas, det är Majken hos Thora, jag kanske ringer olämpligt?"

Genast undrar jag vad som har hänt.

Och Majken säger att du mår dåligt och hon undrar om jag har möjlighet att komma förbi.

"Jag har aldrig sett henne såhär förut!"

Skriket

MAJKEN HÄLSADE SNABBT med ett lätt handslag och gick före in till vardagsrummet.

Du låg flämtande på soffan, med ena armen hängandes ner mot golvet.

Du grät så in i helvete, du märkte knappt att jag hade kommit. Majken lade ytterligare en kudde bakom ditt huvud och torkade dina tårar med en servett.

”Thora!” sa hon högt, likt en tillsägelse, och jag kunde ana en rädsla i hennes röst. ”*Thora*, Jonas har kommit nu, ser du inte det, han står ju här i dörren.”

Men du slog bort hennes hand från ditt ansikte och såg mig inte. Du tittade upp i taket, hämtade andan, skakade på huvudet, verkade tillfångatagen …

Och plötsligt bara skriker du rakt ut.

Skriker så fruktansvärt, utan kontroll, du kan aldrig sluta för skriket inom dig sliter sig, det vrider sig loss och stormar rakt ut. Angriper mig och gör mig naken.

Majken verkar dock oberörd, men hon undviker oss båda med blicken. Istället samlar hon ihop använda servetter, går runt soffbordet och böjer sig ner ideligen.

Ända tills du slutar.

Men jag har inte kunnat försvara mig mot skriket. Lam, bara står jag där i dörrposten. Uppäten av ljudet. Skrämd precis under huden, jag har förlorat känseln.

När du sen tittar bort mot mig, vill jag inte riktigt.

”Jonas, kom hit snälla, kom lite närmare, du kan väl ta en stol där borta …”

Majken drar genast ut bordet ytterligare en bit från soffan och hinner före till en pall, som hon placerar mittemellan.

Och jag väljer att stanna kvar i rummet. Jag sätter mig på pallen, så nära dig, fast jag inte alls känner igen dig. Du lyfter sakta din hand från golvet och söker min. Tar den och lägger mot din bröstkorg. Trycker lätt emot, utan kraft.

Majken har gått in till sängkammaren efter en filt, som hon nu låter falla över dig.

”Nej … nej, tack”, säger du vänligt. ”Jag fryser inte, inte alls.”

”Ok, som du vill”, svarar Majken. Och hon låter så stabil nu. Nästan belåten i rösten, en markant skillnad i jämförelse med förut. Plötsligt slår det mig att Majken kanske tänker gå. Du har ju blivit lugn och …

”Ska du gå nu?” frågar jag oroligt.

Majken svarar som till ett barn, men låter samtidigt förvånad.

”Nä! Det är klart att jag stannar kvar.”

Efter en stund somnade du.

Du hade tryckt min hand emot dig så länge, men nu sov du. Försiktigt lade jag ner din arm igen. Lade en kudde mellan din hand och golvet. Sen gick jag ut i köket. Där satt Majken tyst och läste dagstidningen. Hon undrade om jag ville ha te, det fanns varmt vatten på spisen.

Jag betraktade Majken från min tekopp.

Hon som så ofta besökte dig, men som jag aldrig träffat. Inte ens sett röken av i din hall.

”Nej, herregud Majken är så rädd för att vara i vägen, hon stör aldrig, det är liksom ett tema i hennes liv”, hade du förklarat med inlevelse för mig. Hon syntes liksom aldrig, även om jag kom helt oanmäld, så att säga.

Men nu satt hon här framför mig. Snyggt och prydligt klädd. Med fixat hår och nätt i figuren.

”Jag antar att du vet om att Thora och jag egentligen inte ses mer?” började jag.

”Nja ... hon sa att ni tagit en paus, men att hon var säker på att du skulle komma i alla fall.”

Men varför hade du sagt så?

Jag som hatade dig, och ditt hem som kändes så jävla kallt. Och du som var så jävla feg.

”Thora sa att du har läst engelska vid universitetet, stämmer det?” Majken tog av sig sina läsglasögon och jag nickade som början till svar.

”Men det var längesen nu, nu jobbar jag på Konsum varannan helg istället.”

”Så du ska inte fortsätta alls med dina studier eller?”

Jag berättade att jag i och för sig kommit in på nästa nivå på engelskan, men att jag nu testat läraryrket, och att det skulle kunna passa mig. Och Majken berättade att hon hade varit språklärarinna i tyska och engelska före pensionen, alltså fann vi ett gemensamt samtalsämne. Men jag ville ju prata om dig.

”Thora är ju ibland väldigt olycklig”, började Majken, ”men det kan man inte tro när man ser henne ute, eller på uppläsningar. Nej, inte alls!”

”Men är hon ofta såhär som idag?”

Majken sa att just idag hade det varit extra svårt, därför hade hon ringt upp mig.

Du hade haft liknande skrik under förmiddagen, men inte lika otäcka som nu. Dessutom hade du inte så många som kunde ställa upp med kort varsel, men eftersom nu Majken bodde ungefär fem minuters gångväg ifrån dig, kunde hon ju hjälpa till.

”Ja ... det är väldigt synd om Thora, att hon ska behöva känna såhär!” sa Majken med en suck. Hon visste egentligen inte heller vad det berodde på, ångesten hade du ju levt med hela livet. Nu hade ju hon bara känt dig i cirka två år men det var tydligen ett känt faktum att Thora Wall led av ångest. I dina böcker hade du också avslöjat detta, helt oförblommerat.

Plötsligt ropar du inifrån vardagsrummet. Du ropar efter Majken, som elegant ursäktar sig.

Jag kan höra hur ni pratar.

”Är pojken fortfarande kvar?” undrar du svagt.

”Jadå, Thora, Jonas är fortfarande här, vill du prata med honom?”

Majken kommer ut i köket och jag låtsas som ingenting.

”Thora säger att hon gärna vill prata med dig igen, om du inte måste gå snart förstås?”

Och jag noterar Majkens sätt att prata. Så många ord hon använder, så redogörande och klart hon uttrycker sig. På gränsen till omständlig. Och så den vänliga tonen.

Jag tyckte om den just då.

”Jag vill inte att du ska behöva se mig såhär”, säger du med slutna ögon. ”Det känns så pinsamt liksom, *att det är det här jävla aset som är din vän på något sätt.*”

”Äh, sånt skiter väl jag i”, svarar jag och ska låta likgiltig. ”Det kan ju hända vem som helst … men varför ville du att *jag* skulle komma, jag menar … Majken är ju här och efter att vi bråkat …?”

”Ja … därför att jag älskar dig.”

Detta hade ingen annan, förutom familjemedlemmar, någonsin sagt till mig.

Och jag minns hur jag satt där på en stol bredvid din soffa, och valde tyst för mig själv, mellan olika innebörder av detta så fundamentala du nyss yttrat.

Du älskar mig, men vad kommer att hända i praktiken?

Kommer du att bjuda mig på restaurang varje dag, kommer

jag att fira jul hemma hos dina söner, kommer du att besöka mig helt oanmäld på Konsum när jag sitter i kassan …

Måste jag älska dig tillbaka?

Som nyvispad grädde

YTTERLIGARE NÅGRA DAGAR passerade och det blev lördag. Jag skulle ut med Anders och en annan kille på kvällen, men så ringde du på eftermiddagen.

Du undrade mjukt om jag kunde komma över senare, sådär kring sex, halv sju kanske?

”Jo, det kan jag”, svarade jag, ”men efter tre timmar så måste jag gå tyvärr.”

”Jaha …?” Du lät häpen över svaret. ”Du får inte vara hos Thora Wall längre än tre timmar i stöten … eller?”

Jag skrattade och förklarade mina planer med polarna. Halv tio skulle vi ju ses.

”Ja, men då är jag med på alla cylindrar igen”, sa du. ”Jag trodde först det var något man beslutat om i riksdagen, så att säga.”

Men du och jag har nog aldrig haft en bättre träff än just de tre timmarna, just den lördagskvällen. Jag skulle kunna byta ut alla mina ögonblick med dig, mot bara *den gången*.

Bara för att få säga:

”Jag träffade Thora Wall en gång under några timmar, en lördagskväll och det var ganska kallt ute. Men så unga och vackra vi var, så kvicka i humorn. Så kommer jag aldrig att vara tillsammans med någon annan människa under så kort tid.”

För så kändes det.

Lika fräscht som nyvispad grädde.

Och framför allt fanns det en sån självklar mening med timmarna hemma hos dig den kvällen. Precis som att det var *meningen* att vi skulle träffas överhuvudtaget.

För allting vi gjorde och allting vi sa, skedde liksom efter ett skrivet manus. Likt filmscener, och vi kunde aldrig påverka handlingen, bara spela med.

Hur vi bara spelade med och lät oss luras egentligen. Annars hade vi ju sagt ifrån och avslutat allt där och då, den kvällen.

Slutat när det var som bäst.

Sluta skämmas!

DU BAD ALDRIG OM EN PAUS igen, nej vi liksom sprang in mot det oanade.

Ännu fortare nu, eftersom vi upplevde att alla hinder försvunnit. Visst kunde vi börja bråka igen, men jag rusade aldrig därifrån, bara sådär.

Och när jag kramade om dig för att du grät över din ångest, när du grät över rädslan eller bara av nervositet, så kände jag hur du välkomnade. Aldrig att det hade varit svårt för mig att jaga bort dina plågoandar med en kyss eller kram, men det kändes lättare nu.

Sen slutade vi med allt.

Jag slutade med att störta upp från din säng så fort det ringde på dörren, du slutade med att ringa upp och tacka och jag slutade med att gå ut när du tog av dig bh:n. Så jävla befriande att inte bry sig, att kunna se varandra nakna utan att känna skuld. Vi plaskade runt i förälskelsen och en gång påstod du att kvinnor är som mest kåta mellan 45 och 50, alltså under klimakteriet, men jag hade en annan uppfattning.

”Jag är fan *säker* på att tonårstjejer, typ 17–18 år är mycket mer villiga och det vet jag ju.”

”Och hur många *klimakteriekvinnor* har du legat med då?”

”Va!? Inte en enda, vafan tror du liksom!”

”Nej, just det. *Alltså vet du inte.*”

Och din, ska vi säga, behandling av min maniska läggning, var något jag *verkligen* uppskattade. Eftersom jag fortfarande bodde hemma, kunde det lätt uppstå kollisioner. Detta på grund av att jag visste hur min familj ibland kunde uppfatta mig som *för mycket*, för intensiv, och samma åsikt kunde spåras hos mina kompisar. För jävla jobbig helt enkelt.

Men du hyllade just den oresonlige, besatta människan.

Naturligtvis genom att vara exakt likadan.

I ditt hem kunde jag skrika könsord, bli galen och slå huvudet i väggen tio gånger, sånt som man spärrar in folk för annars, men du tycker inte så. Du är inte heller någon jävla muntergök som sjunger *Idas sommarvisa* när man precis har slagit sönder halva köket.

Så när jag mådde uselt åkte jag över till dig och lade mig på soffan i vardagsrummet.

Du kunde sitta i din fåtölj mittemot och jag mådde bara för jävligt.

Inte sällan lyckades jag också pricka in din eftermiddagsångest och då fanns det ju även varmt vatten i tekokaren. Och efter teet kunde jag gå tillbaka in till soffan. Eller så gick vi båda in till sängkammaren och lade oss på sängen en stund. För rekreation, som det heter.

Och om hemtjänsten kom på besök, eller vem fan det nu än var, *så låg jag kvar*. Ingen av oss skämdes för att visa upp en ung man på sängen som varken orkade supa eller knulla, det var liksom en av de friheter vi tog oss.

Likadant som att jag ibland kunde gå hem till dig efter sista puben, bara för att säga ”hej”, men helst inte klockan två på natten, vilket hände en gång.

Jag kommer ihåg hur jag ringde på din dörr tills jag väckte dig och du blev tvungen att släpa dig ut i hallen för att öppna. Ironiskt nog var dörren olåst och genast uppmärksammade jag oroligt detta faktum.

”Men, det är ju jävla farligt för dig att sova med öppen dörr, Thora!”

”Nej, men jag brukar ha öppen dörr”, sa du. ”Man kan ju alltid hoppas att det dyker upp någon spännande person såhär dags.”

Men även om vi nu upplevde berusningen av vår andra, lite längre smekmånad, så betydde inte det att du skulle avsäga dig alla publika uppdrag och evenemang för att liksom stanna hemma resten av terminen.

Nej, tvärtom. Thora Wall var ju fortfarande en mycket populär författare och krönikör och här fanns ju en nyhet att visa upp så att säga. Dessutom kunde det även vara roligt för Jonas som kom från Huddinge att få gå på en del fester.

Jo, om man tänkte så, så skulle det faktiskt kunna gynna oss båda.

”Jag har tackat ja till att vara sommarpratare i år och då är det en presskonferens följd av en middag på Sveriges Radio nu i slutet på maj … har du lust att gå med mig på den?”

Du frågade mig en eftermiddag på en restaurang, mellan huvudrätt och dessert.

”Men ska inte Sara följa med då?” undrade jag. ”Eller Majken, du kan ju aldrig neka henne liksom.”

Naturligtvis struntade jag i den stora flickan men *Majken*, som du sagt var din bästa vän och som hjälpte dig närhelst du behövde, och så kommer jag in i bilden …

Men nej. Varken den stora flickan eller Majken var påtänkta inför detta, så var det bara. Och Majken brydde sig inte alls om sånt där enligt dig.

”Nej herregud, hon som är så ordentlig och städar besticklådorna varje fredag, aldrig.”

Vad kostar en sån?

I DEN DÄR TAXIN. På väg till Sveriges Radio.

Du var naturligtvis ett av de stora namnen, tillsammans med Vilgot Sjöman, Meg Westergren, Hans Blix och Birgit Nilsson. Och Jonas skulle få vara med dig, ända till festens slut.

Assistera Thora Wall minsann. Hämta mera mat, eller dricka, fixa fram en stol eller tillkalla någon du ville prata med, sådär face to face. En springpojke rätt och slätt, samtidigt som jag dessutom konstant skulle hjälpa dig framåt ja, det var mycket att tänka på.

En sån tur att jag inte alls var skrämd inför uppgiften. Nej, tvärtom. Exalterad faktiskt.

Och du älskade mig ju, det hade du sagt flera gånger vid det här laget.

Men jag kände av din nervositet. Under ytan, när du pratade med mig i taxin. Jag kände din totala fokusering. Att den inte var reserverad för mig just nu. Jag hörde på rösten, noterade draget kring din mun. Ängsligt. Nervöst. Du satt där framme, bredvid chauffören, stabilt nersjunken i sätet. Men du landade aldrig.

Nej, det fanns liksom ingen jävla garanti för att Jonas skulle klara av det här, om det ska sägas i klarspråk! Jag tror det var en av anledningarna till din oro. Som om du hade valt mig som eskort bara för att kunna visa pressen *att*, visa att Wall fortfarande minsann …

Men du sa inget och det var bra. Professionellt spelat. Jag tolkade bara stämningen i taxin. Kände hur tystnaden liksom darrade av din koncentration, hur den talade om för mig att *Majken* förstås hade varit en försäkran om ett oklanderligt utfört arbete, men … Om Jonas visste man ju faktiskt ingenting i såna här sammanhang.

Fast jag hade ju *lovat* att sköta mig perfekt. Vara snabb och ligga steget före.

Och det här var ju ändå din idé från början.

Att jag skulle få eskortera dig hit. Att jag skulle få äta god mat och se på kändisar. Och.

Att Thora Wall återigen skulle få synas med en ung, mörk man i sällskap.

Majken var inte någon man. Nej, det såg jag också.

Precis innan vi kunde skymta Radiohuset långt där framme; jag undrade om jag skulle lyckas få dig lugn, allt mitt tidigare småprat hade ju mest bara irriterat. Bilen stannade. Du skrev på ett kvitto, lade ner plånboken i väskan och jag stod redo att hjälpa dig ur taxin. Vi gick mot ingången.

”Fan vad jävla soligt det är”, försökte jag lirkande och här var det meningen att du skulle instämma, vi skulle förenas i ett gemensamt klagande, sådär i sista sekunden.

”Ja, det är för mycket”, sa du hastigt. Intonationen lämnade inget utrymme för ytterligare replikskifte. Inte just nu. Du hade fortfarande saker att planera, Thora Walls entré till exempel. Hur skulle den formuleras? Praktiskt utföras och så vidare. Själv släpade jag på en väska fylld med Ramlösa, ett måste för oss båda. Vi stannade och tog en klunk innan vi gick in. Snarare en överlevnadshandling än något som lierade.

Men därinne hände det.

Bland alla kändisar som hopat sig i ett stort rum för att avnjuta en fördrink och all plockmat.

Och det var Meg Westergrens förtjänst. Skådespelerskan. *Hon sa det där speciella.*

Efter att vi hade minglat runt ett halvt varv och blivit fotograferade, när även jag kände för att sätta mig ner, så bara stod hon där. En bit längre fram, inga andra stod emellan.

Hon lade märke till mig, först lite häpet, men sen måste någon ha tryckt på play. Rent automatiskt exponerades hennes tänder och hon kom fram med utsträckta armar:

"Ååh, Thora lilla, hur e de med dig? Men åh, en så söt hatt, *verkligen.*"

Hon kramade om ditt ansikte och tryckte en stor teaterkyss på din högra kind. Du kunde förstås inte annat än att besvara med en liknande. Spela lika älskvärd.

"Tack, den är köpt i Italien, för länge sen."

Meg Westergren betraktade mig i två sekunder:

"Och vem är det här, en sån där vill jag också ha, *vad kostar en sån*? Hahaha!"

Genast gestikulerade hon med ena handen, för att liksom poängtera sin kvickhet och du smällde av ett filmstjärneleende. Jag flinade lite trögt. Sen sa du, med en viss stabilitet i rösten, inte alls för att dämpa uppsluppenheten, men ändå för att korrigera lite.

"Detta är Jonas, han hjälper mig att gå."

"Jaha, så trevligt ... Hatten var verkligen söt Thora, jag älskar den redan!"

Sen gick hon vidare.

"Känner du henne?" undrade jag när vi var utom fara.

"Nej, tänk att vi har aldrig någonsin hälsat på varandra förut, det är bara för att du var med."

"Jo, jag förstår det", stönade jag ironiskt.

"Nej men det är sant. Tror du inte jag känner till en flickas huvudmotiv, *det var uppenbart.*"

Vi satte oss ned vid ett av sidoborden.

Du blev törstig igen och jag skruvade upp ännu en Ramlösa ur väskan. Men när jag gav dig flaskan, en av de tusentals jag hade släpat runt på, så klickade det till. Dina ögon sa något till mig, en öppning.

”Men du”, sa jag och skrattade, ”hon sa ingenting om den här jävla väskan!”

”Nej, precis”, sa du, ”och betänk att den där jävla väskan *faktiskt* är köpt på Svenskt Tenn.”

Du hade lärt mig att Svenskt Tenn var ett lite finare märke än utomhusmöblerna man kunde köpa på bensinmackarna under sommartid, så jag förstod minsann.

Men det bästa.

Att Meg Westergren hade raserat dina barriärer av stress och prestationsångest. Ditt närapå totala uteslutande av mig när koncentrationen sattes in på annat, sådär så att jag nästan inte blev närvarande, endast som springpojke, men utan namn eller ansikte …

Det fanns inte längre.

Nu skulle resten av festen ske naturligt för ingen av oss behövde anstränga sig längre. Istället skulle vi roa oss med att se hur andra överansträngde och sjåpade till sig.

Vart tog nu Meg Westergren vägen? undrade vi engagerat.

Plötsligt skrek någon att den traditionella fotograferingen på gräsmattan utanför skulle ske inom tio minuter. Rappa på, allesammans! En massa människor skulle nu alltså rusa ut genom ett nålsöga till dörr, för det gällde väl att få en bra placering, antog jag.

Att du sen inte alls kunde springa spelade ingen roll, det blev ändå stockning i dörren. Folk blev liksom stående, man beräknade avståndet till toaletterna. Skulle man hinna? Kanske … Men tänk om … Nej, det var det inte värt. Det tyckte inte du heller.

Själv stod jag som en packåsna. Lastad med Ramlösa-väskan, din för tjocka kappa, och med dig under ena armen. Jag svettades och liknade mer en checkpoint än en människa.

Men när jag kramade din hand, kände jag hur jävla nära vi var. Och hur jag faktiskt behövdes just där och då. *Så mycket.* Inte bara för det praktiska, utan även för skrattet som var kärleken.

Hur du betraktade mig där i kön. Stolt över mig. Vi stod där tillsammans, oskiljaktiga.

Ända tills kön började röra på sig.

Då frigjorde du dig så väldigt smidigt och sa något om att det var bäst att du gick ut med någon annan. Däremot skulle jag leta upp en stol som stod redo för dig *efter* fotograferingen.

"Kan du göra det Jonas?"

Och det var nog bäst, jag förstår det i efterhand.

Men just då kunde jag definitivt hålla mig för skratt. Trodde du att jag ville försöka bli fotograferad eller? Att jag inte skulle vika undan, utan liksom tränga mig in bland celebriteterna och sitta där bredvid dig? Utklädd i din kappa, din väska och din käpp i handen, och bara stjäla bilden?

Naturligtvis visste jag alltid min plats med dig, även vid denna första eskortering.

Du var stjärnan, och jag bar Ramlösa. Och inte fan skulle jag vara så korkad att jag tog plats i din bild om du inte själv sagt till. Men det kändes som att en sån jävla framfusighet från min sida *kunde vara möjlig, som att du kände så*, när du frigjorde dig, där i kön.

Men hursomhelst hade jag ju lovat att sköta mig.

Därför lämnade jag dig, gick på toaletten, och fixade fram en stol som jag drog med ut i det gröna. Satte mig ner med alla dina grejer runt omkring. Såg hur ni placerades. Fotografens lagar gällde tydligen även här, den som är längst får stå och kortare får sitta ner.

Du letade efter mig. Och när du upptäckt mig kom ett konstaterande i ditt ansikte;

Ah, *där* sitter Jonas! Jodå. Du såg så belåten ut bland alla andra storheter.

Jag hade ju inte heller sagt något. Inte startat en argumentation, bara spelat professionell, precis som du.

Men det blev en ganska lång sittning för min del. Din också, tror jag.

Var det någon annan som kände till att många av sommarpratarna skulle hålla långa, träaktiga tal under fotograferingen? Kunde någon ha varnat för detta? Äldre människor tröttnade uppenbarligen lika snabbt som unga, folk drog i gräset och lade armarna i kors för femte gången. Gäspade rakt ut till slut, *men herregud*, sluta nu för fan!

Jag kände hungern sätta in. Kraftigt.

Efter kanske fjorton år tog gruppfotograferingen äntligen slut, men då var det dags för individuella fotograferingar. Olika media ville ha egna bilder och intervjuer.

Raskt som en räv for jag upp och hämtade dig, jag hade med mig stolen så du kunde få sitta och planera lite. Hungern hade gjort inverkan på dig med och ingen av oss är nådig när vi blir hungriga, det visste jag. Fast nu var det jag som var förälder. Min mat fick alltså vänta, barnets är alltid viktigare. Jag var tvungen att skaffa fram något ätbart, illa kvickt, och du fick helt enkelt sitta där och vänta så länge.

Men tyvärr hittade jag aldrig någon matbit, jag såg det som ett personligt misslyckande.

Räddningen blev istället den totala uppmärksamhet du fick av olika journalister som avlöste varandra, vilket gjorde att du glömde bort hungern, och jag också. Istället betraktade jag dig, för nu var du Thora Wall.

Hela din uppenbarelse utstrålade det oöverträffade i mängden, du var verkligen den mest lysande katten bland hermelinerna, utan att skämmas. Ditt sätt. Dina färger. Nära på ett medium i sig själv. Hela din uppenbarelse liksom vittnade om *Madame* Wall.

Den där som mamma hade varnat mig för.

Alla lade upp stort på tallrikarna när maten äntligen blev serverad.

Och i och med att maten blivit tillgänglig var programmet i princip slut. Minglet vid borden blev inte vad det borde ha varit eftersom *alla* antagligen var så jävla hungriga och sen den där typiska sommarbilden; när servitörer börjar rensa bordens vita pappersdukar, samla ihop papptallrikar och plastmuggar i en stor, svart sopsäck. Lite synd, tyckte vi båda att det var utan att säga något. ”Vad skulle hända nu liksom?”

Sommarpratarna lämnade Sveriges Radio. Likaså solen.

Vi var bland de sista kvar. Sakta började vi gå runt själva huset för att komma till andra sidan, där taxibilarna väntade. Jag traskade med dig på små, stenbelagda gångar som svängde och vi kunde gärna ha gått vilse, bara för att bli underhållna ytterligare. Och då.

Helt oväntat. Vem får syn på oss … vem är det som står där borta och bara *glor* på oss?

Jo, Elisabet Höglund.

Och hon står helt stilla och *ser* på oss, sådär forskande.

På den unge mannen som för några månader sedan hade pressat henne att svara på intima frågor om Thora Wall och hennes oblyga böcker, och där står han nu. Med författarinnan under armen, *han bär på hennes väska, han känner henne ju*!

Jag gick inte fram och sa hej.

Istället tänkte jag på något annat.

Något jävla uppenbart som jämt funnits där. Så typiskt.

Jag insåg nu att framtida fester med dig alltid skulle innebära ett litet motstånd från min sida. Visst skulle jag följa med, eskortera, men du skulle hela tiden stå i centrum och jag skulle ständigt bara stå bredvid. Och det var *din berömmelse* som sagt, och jag ville inte bli sedd som ett bihang, känd för ingenting.

Men eftersom vi är så lika, skulle det aldrig komma att räcka för mig heller.

Majken som eskort medförde aldrig den risken, jag visste det. Hon var en gudinna i alla sammanhang, du hade ju berättat för mig.

Vad som däremot förenade både Majken och mig var att vi kunde utnyttjas. Ditt säregna sätt att använda människor till bara *exakt just det du vill att de ska vara.* Vid ett speciellt tillfälle, det kan handla om en kvart. Sen ändrar du spelplanen och utser andra personer.

Det är du en mästare på.

Det mest förbjudna

MEN TROTS DETTA VAR JAG LÄTTKÖPT.

Jag eskorterade dig till andra fester, jag åkte taxi till fina restauranger runt om i stan, och kunde äta i princip vad jag ville, priset var inget hinder. Ibland kunde det bli restaurang både till lunch och middag men vem fan brydde sig? Du orkade nämligen ytterst sällan *vänta* på att maten skulle komma fram på bordet, bara för att någon fått för sig att laga till något långsamt vid din spis. *Att vänta* var liksom inte din grej, och speciellt inte om du var hungrig. Då hade du plötsligt obegränsat med pengar och naturligtvis ingick Jonas i spenderandet. Gärna två Coca-Cola till honom direkt, sen en tre rätters middag plus en starköl som avslutning, tack!

Förutom detta köpte du även saker som jag tyckte att jag behövde. Till exempel en snygg tröja, eller en ny jacka, en portabel dator eller andra nödvändigheter. Och inget onödigt råddande om pengar här inte: ”Det är liksom den enda fördelen med mig”, brukade du säga, ”att kärringen i alla fall har stålar.”

Jovisst, och jag undrade sällan: ”*Varför* ger hon mig saker?” Var det bara det där enkla att jag säger ”jag älskar dig också, Thora” och så var det grönt?

Nej, så var det aldrig, även om det fungerade så i praktiken.

För du visste om vad du gjorde, hela tiden. Jonas kostade mycket pengar, *men det gav du själva fan i.* Även när jag någon enstaka gång (på grund av min utmärkta uppfostran och för att stilla mitt samvete), kunde invända med att ”nej, det blir för dyrt

Thora" så protesterade du: "Du får mig ju att skratta, du räddar livet på mig, *därför* vill jag göra det här."

Och det kändes som sanningen.

Jag träffade ju dig när skrattet inte alls var något du räknade med. Dina fötter hade svikit dig på grund av nervskadan, du kunde inte gå lika fritt eller dansa själv längre.

Men så möts vi två. Du, en deprimerad människa med ångest per automatik och så jag; en porrintresserad, trött maniker som dessutom gillar att supa som en tonåring.

Jag förstår att du var rädd i början, men sen. *Fan vad vi har skrattat.*

Tänk om jag aldrig mer i livet träffar på någon som har *på pricken* samma humor som du.

Det är skrämmande.

När vi satt på de där restaurangerna och skrattade.

Hur vi plumpt observerade andra gäster och skrattade. Äldre män med unga kvinnor, äldre män med yngre män, äldre gifta fruar med mycket yngre män. Och så förstås Thora Wall och Jonas med rekordet, 52 års skillnad. Nej, man vill ju inte vara sämst liksom, men på ett sätt blev vi tvingade till att skratta åt andra som stirrade blint på oss. Speciellt vissa, äldre damer, som är lite fina i troskanten, som ska vara så jävla pryda utåt och sådär "ja man kan verkligen inte tillåta vad som helst", och så vidare.

Men dessa damer vill bli chockerade!

Tänk om de fick höra talas om svettiga eftermiddagsknull med Thora Wall och den där *mycket yngre*, mörke killen. Såna där långa, med rökpaus i mitten ...

Ja, varför inte? I och för sig är ingen av oss rökare, men vi hade ju heller aldrig tagit en paus.

Men även Majken höll med om att jag räddade livet på dig och det kändes förstås *jävligt* bra att höra det från just henne. Det liksom rättfärdigade underhållet av Jonas.

Den stora flickan, Sara, försvann efter en tid. Enligt dig hade hon fullt upp med sina konststudier, dessutom hade hon tydligen sagt att ”jag tror den där Jonas är lite kär i dig”, och därför höll hon sig borta.

Desto bättre för mig, tänkte jag kallt och kunde knappast bry mig mindre. Och du själv verkade inte heller speciellt upprörd över detta, även om Sara varit så moderlig.

Jag var din nya protegé nu. Ett skäl till att inte hoppa från balkongen och det räckte.

Och mitt i denna dyra dekadens, för en pojke som bara jobbade varannan helg, så gjorde jag det mest förbjudna.

Jag började klaga.

Jag började visa att jag *krävde*.

Allting började med en fest på Bonniers, ditt förlag, ute på Djurgården.

”Ja, men det är en sån där fest där alla blir så jävla fulla och man måste beställa en taxi strax efter tolv för att liksom inte hamna snett under bordet”, sa du lockande. Och jag såg verkligen fram emot den kvällen.

Men det blev inte alls som du hade förutspått.

Inga berusade kändisar alls. Däremot serverades väldigt god mat, jag såg en del människor jag faktiskt kände igen och det var vackra, men stela interiörer. Och trots att jag var väldigt stiligt klädd … jag kände av osäkerheten hos värdinnan som tog emot oss. Vem var egentligen den här unge, mörke mannen i Thora Walls sällskap, som tydligen kallades för ”Jonas”? Ingen visste riktigt säkert. En främling, så kändes det.

Men även om min status naggades lite i kanten av detta, kunde dekadensen fortsätta relativt ostört. Naturligtvis jämförde jag den förlagsfesten med andra, och betyget blev inget vidare. Nog skulle jag kunna få bättre än så, tänkte jag och kysste din kind.

Tiden gick och efter några månader damp det ner en annan inbjudan genom ditt brevinkast. Till en galapremiär av en storfilm, med efterföljande fest, och som alltid gällde inbjudan för två personer, vilket betydde Thora Wall och Jonas. Förstås.

Och det skulle bli en riktigt blöt fest, det syntes på själva designen av det dubbelvikta kortet.

Men plötsligt raserades min världsbild!

Hela mitt kejsardöme bara slängdes åt sidan och det var du som gjorde det.

Du hade nämligen redan lovat Majken att *hon* skulle få gå med på detta, liksom feta jippo. Alltså i klartext; *J o h a n* ska *i n t e* gå med Thora nu.

”Ja, du vet”, sa du lite osäkert (inträngd i hörnet av min uppenbara besvikelse), ”Majken går så lite på sånt här, och så ville hon nu … men du går väl fortfarande med mig på nästa Bonnierfest?”

”Fast jag går nog hellre på den här filmpremiären, Thora. Jag har ju redan varit på Bonniers en gång och det var väl i och för sig kul …”

Men vafan! tänkte jag. Det är väl bara att byta plats på oss då, om jag nu *hellre* vill gå på premiären!

Men du ändrade inte på något.

Jag skulle få gå på den stillsammare middagen i det vackra Nedre Manilla på Djurgården, där man inte lyfter på kjolarna längre eller skrattar för högt, medan Majken skulle få glida omkring på utspilld champagne och raljera med Petter och Persbrandt och hela djävla navet av kändisar i Stockholm. En mycket kåtare fest, helt enkelt!

Så förtvivlad och besviken jag blev. Så satans förbannad!

Vi älskade ju varandra. I alla fall så älskade du *mig*, och det var ju det som räknades.

Det fundamentala i hela vår uppsättning, *att Thora Wall älskar Jonas* och det räcker.

Och inga krav ska ställas på mig.

”Jag fattar inte Thora, har jag uppfört mig fel på tidigare fester eller vad fan är det här?”

Flera gånger ifrågasatte jag mitt beteende, *din kärlek till mig*, och svaret blev ständigt att du *visst* älskade mig, men att du faktiskt hade lovat Majken just nu.

Alltså ändrades ingenting, men jag kunde väl vara lite glad som fick gå på en så exklusiv förlagsfest igen. ”Nej, det tänker jag fan inte alls vara!” skrek jag och lämnade rummet. Sprang ut och lämnade ytterdörren öppen. För barnet kan inte inse vilken fröjd det är att få sitta med tyst i kyrkan, istället för att få gå med till McDonald's.

Jag kunde omöjligt se proportionerna, sätta saker i sitt rätta perspektiv, vara resonlig och sånt jävla skitsnack. Istället led jag igenom dagarna som följde. Under fruktansvärd frustration.

Till slut sa du sanningen, du orkade inte längre. Vi satt på en populär restaurang vid lunchtid när du erkände att det bara *delvis* handlade om Majkens önskemål. Plötsligt hade jag blivit ett problem istället för en tillgång, och ju fetare fest, desto större blev problemet.

”Jag är så rädd för hur det ska uppfattas, hur fotograferna kommer att kasta sig över dig som min 'toyboy' och hur mina söner kommer att reagera ilsket och … ja, hur *dina föräldrar* kanske kommer att ringa …”

”Men för i helvete, Thora! Jag *skiter* i allt sånt där, det vet du ju!”

”*Men jag gör inte det,* Jonas, jag kan inte bara skita i sånt längre!”

Morgonen efter den stora galapremiären träffades vi.

Vi var tvungna, eftersom jag hade lovat att gå med dig till din psykolog, och detta var bestämt sedan länge. Fast jag tyckte det kändes helt ok under rådande omständigheter. Att städa upp resterna efter en bejublad galapremiär ingick perfekt i mitt självplågeri.

"Hur var det igår på festen då, kul antar jag?" Jag torterade mig själv i din hall.

"Jo, men det var så in i helvete mycket folk och tjoande och din gamla vän här blev så satans fotograferad, det var liksom det *värsta* jag varit med om."

Du liksom kastade ut skopor med salt i såret, antagligen medvetet, och jag?

Ja, jag kunde ju riktigt *se* Bonnierfesten framför mig nu.

Hur den ligger där, slängd på motorvägen, och bilarna kör antingen förbi, eller bara rakt över den. Ingen vill ta i skiten, inte jag heller.

Men naturligtvis gick vi ändå dit.

Till nästa Bonnierfest ute på Djurgården. Till något som nu var så söndermalt och förstört, långt innan du ens fått inbjudningskortet. Så förkastat av oss båda, att det syntes på oss.

I alla fall på mig, när jag blev tillsagd att vika undan, för kameran skulle ju fotografera dig, när jag hämtade mat till dig, när ingen sa ett ord till mig och när jag inte ens fick en namnbricka som alla andra, för alla visste ju vem *du* var.

"Om du bara håller dig nära Thora så ..."

Och varför skulle jag ha fått en namnbricka? Varför skulle någon ens tilltala Jonas?

Den där mörke killen som bara gick runt medan du satt och konverserade.

Kunde han ens svenska?

Nu kändes det hur jag faktiskt *inte* var någon alls, att jag var totalt okänd. Men den namnlöse skall icke klaga. Tänk att få gå på en sån exklusiv förlagsfest, inte illa minsann! "Och man har ju inte roligare än man gör sig", var det någon dum jävel som sa en gång i världen.

Det kändes mest som att jag fick skylla mig själv.

Skylla mig själv för att jag fört ett sånt jävla liv om detta innan, skylla mig själv för att jag hade lagt ut över tvåtusen spänn ur egen ficka på en ny skjorta, en V-ringad övertröja samt slips, alla köpta speciellt för den här kvällen.

Jo, det är sant. I ett tillstånd av total *sinnesförvridning* på stan, dagen innan.

Jag hade känt hur jag var tvungen att avreagera mig, men inte genom att slå sönder dig eller något annat. Istället ville jag spendera pengar på något för mig så jävla värdelöst, nämligen kläder. Alltså ytterligare självplågeri.

Men inte fan var det någon som kommenterade mina kläder på festen. Möjligtvis om alla hade varit sådär redlöst berusade, som du alltid förvarnade om. Men så blev det ju aldrig.

Jag undrade vart alla fulla människor hade tagit vägen, när jag tråkade ut mig genom salongerna. Fanns dom i ett speciellt rum eller?

Nej, det här var en prydlig fest överallt. Med oerhört god, fin mat och med människor som faktiskt alla hade gjort något för sin berömmelse. Men plötsligt såg jag ett bekant ansikte, helt otippat. Det var en av mina kurslärare från den där journalistkursen jag hade anmält mig till förra året. Han gick omkring där och verkade inte heller känna någon. Jag sökte upp honom och hälsade.

”Tja, kommer du ihåg mig? Jonas, från kursen i höstas.”

Jodå, det gjorde han visst det. Han tittade på mig förvånat. Det här var ju en fest för etablerade journalister och författare, måhända en och annan debutant också.

”Så du är här nu?” sa han, med ett halvfärdigt leende. Sen gick han.

Återigen stod jag ensam.

Sakta började kvällen bli väldigt lång. Jag sa ingenting alls den sista timmen. Satt tyst vid ditt bord, i mina fina kläder och tänkte att ”nästa Bonnierfest minsann, då fan ska jag bli asfull”.

”För det är ju ingen som blir sådär jävla full som du alltid säger, Thora”, klagade jag i taxin på väg hem. Du suckade lite:

”Nej, men jag måste ha tänkt på 70-talet, *det var liksom då det var klackarna i taket.*”

Öppet slitage

TAXIN KÖRDE VIDARE GENOM STAN och jag nästan somnade i baksätet.

”Själva fan också att man ska upp så tidigt imorgon igen”, stönade jag.

”Vaddå?” kom det från dig.

Sådär förvånat och misstänksamt fräscht i allt detta sega och du hade inte alls hört fel. Direkt förstod jag att du hade glömt bort. Att jag hade tackat ja till ytterligare vikariat dagen efter, men i och för sig spelade detta ingen roll. Jag skulle ju ändå stanna till morgonen. Behövde inte gå förrän klockan åtta.

Men jag hade startat något oväntat hos dig och du började genast: ”När måste du gå?” ”Kommer du att stanna? Du behöver inte alls stanna.”

Jag påminde dig om tiderna, att jag sagt detta förut, men att det saknade betydelse, *jag skulle ju stanna*, sova över. Aldrig lämna dig ensam.

”Ja, det är bra”, sa du kort, och mer behövdes inte. Jag hörde att du litade på mig, att Jonas kan man faktiskt lita på. Och varje gång jag kände förtroendet, som från ett barn …

Du strålar, du glänser, när Jonas finns bakom dig.

Du betalade taxichauffören och jag höll upp din dörr som alltid.

Sen ger du mig käppen, jag ställer den liksom beredd och du gör själv en ansats. Jag smäller igen bildörren och vi ser taxin försvinna runt hörnet. Det sista spåret av festen är borta nu.

Fältet är öppet.

Och i hissen börjar raseringen.

Den totala ångesten kommer över dig, ängslan över att jag ändå inte kommer att stanna.

"Thora, om jag har lovat att stanna så *gör jag det*, jag har ju sagt det."

Men efter att vi har kommit in i lägenheten sitter du bara kvar på en stol i hallen, fullt påklädd. Beredd att gå vartsomhelst där det finns folk, en akutmottagning, ett härbärge för hemlösa, det spelade ingen roll. Och i ditt nästa utfall finns en ton av gråt, helt utan förvarning. Utan anledning.

"Nej, jag ringer någon annan nu, jag kan inte bli lämnad ensam såhär, det vet du."

"Men jag kommer inte att gå förrän jag måste och då är klockan redan åtta, till och med halv nio. Då har du redan vaknat Thora och vem fan ska du ringa nu, halv ett?"

Min röst har också förändrats från trött till irriterad. Jag märker det själv, men orkar inte be om ursäkt, jag är så satans utmattad. Jag kan inte dölja tröttheten, du ser detta och bestämmer dig för att ringa efter Majken, hon bor ju så nära.

"Nej för fan!" skriker jag. "Inte Majken. Vad ska hon tro egentligen? Att jag bara går med dig på festen och sen ber vi henne plocka upp all skiten efteråt? Det verkar ju inte klokt, hon kommer aldrig att förlåta mig heller."

"Majken bryr sig inte ett jävla skit om vad du gör eller inte gör", säger du övertygat och börjar provocera. Upprepar att du i alla fall ska ringa Majken, att hon *faktiskt* kan komma och att jag visst kommer att lämna dig eftersom vi bråkar nu.

"*Nej, Thora!*" (och jag nästan flämtar av frustration). Jag kommer att ... *varför* kan du inte bara lita på mig?"

"Men Majken vet om mina behov, hon sviker aldrig om jag ber henne, jag kan inte begära det av dig och du har skolan imorgon, jag måste ringa henne ... eller kanske Lena?"

Jag undrar vem fan denna Lena är som jag aldrig hört ett ord om innan, men du käftar emot, säger att Lena *visst* har varit här, att jag *visst* har träffat henne och att henne kan man lita på.

Men jag skiter i vilket:

”Jag har *aldrig* träffat henne, Thora, men ring Lena då för i helvete!”

Jag hämtar telefonen, men innan jag räcker över luren insisterar jag på att du måste säga till Lena som det är. Att det är du som vill att hon ska komma, *inte jag*.

”Fattar du det, Thora, du säger till Lena att jag kommer att stanna, om hon inte kan, ok.”

Med skakiga fingrar slår du Lenas mobilnummer och vi väntar. Tre signaler. Hoppas hon inte svarar nu för i helvete, tänker jag.

”Ja … det är Lena.” Hennes röst kan knappt dölja att vi självklart har väckt henne.

”Ja, det är Thora här och det är så att vi sitter i en slags kris …”

”Nej, det gör vi fan inte alls”, överröstar jag. ”Thora ljuger!”

Du stammar lite:

”Vi … vi har kommit hem från Bonniers och nu måste Jonas gå, för han har skola imorgon …” Och det lät så satans fel när du sa det. Jag avbryter dig genast, bara skriker rakt ut:

”Nej, Lena så är det inte alls! Jag sa till Thora att jag skulle stanna hela natten, ända till senast halv nio i morgon, och detta visste hon sen långt innan!”

”Men herregud”, börjar du. ”Han *säger* att han ska stanna tills imorgon, men det har vi ju inga garantier för alls. Det kan man ju aldrig veta med en ovan pojke, om han går att …”

Jag sliter luren ifrån dig så att du tappar balansen, säger till Lena att hon inte alls behöver komma, att allt är ett misstag och att jag kommer att stanna så länge det behövs!

”Men det vet vi ju för fan inte”, skriker du i bakgrunden. *”Han* ***kommer*** *att gå under natten!”*

Och i ett tillstånd av rent vansinne slänger jag på luren i örat på Lena.

Känner explosionen inom mig. Hur jag bara vill slå till, bara rakt av. Rätt åt helvete.

Den oinbjudne

VECKAN DÄRPÅ.

En kulturell väninna hade ringt upp dig och sagt att Sven-Erik Berg just nu hade en konstutställning på ett galleri på Östermalm, men bara under tre dagar.

”Det kanske kunde vara roligt för dig Thora att se hans tavlor, han är ju en stark profil bland 50-talskonstnärerna och du var ju trots allt gift med honom i tio år.”

Du ringde upp mig samma kväll och undrade om jag kunde eskortera dig nästa dag.

Jag tänkte på det där du hade sagt om Sven-Erik och mig.

Du hade berättat om honom, sagt att jag påminde om honom så mycket. Det var samma sorts humor, den cyniska, och samma fallenhet för att smälla till när kvinnor blir vansinniga. Jodå, du hade sett tendensen förut, just det där sinnelaget. Och eftersom vi tydligen var så lika, skulle vi säkert båda försöka dominera över dig. En slags ”cockfight” helt enkelt.

”Jovisst”, sa jag, ”när ska jag komma över till dig?”

För jag såg fram emot det, det kunde bli spännande. Alltså blev jag felinställd redan från början.

När du klev ur taxin utanför galleriet kunde du knappt stå på benen av nervositet.

Jag undrade varför.

”Men herregud, jag har liksom inte sett Sven-Erik sen andra världskriget, och så är du med mig nu också …”

”Men du ville ju att jag skulle följa med dig, Thora? Eller hur? Jag lovar att sköta mig, jag ska inte säga någonting alls som kan vara pinsamt.”

Därinne var det ganska mycket folk. En medelålders gallerist med snygg figur på svarta klackar satt vid ett bord på en slags övervåning. En trappa ledde ner till ett större, vitt cirkelformat rum. Jag kunde bara skymta tavlorna därnere, vi blev nämligen stående precis innanför dörren. Du ville ha det så.

Men Sven-Erik hade sett dig inifrån sällskapet och du nickade. Ditt ansikte sprack upp i ett sånt där ohämmat leende: ”*Där* är Sven-Erik”, sa du, när en smal, rökande, äldre man kom emot oss. Smal och inte speciellt lång, men med förvånansvärd pondus. Jag sträckte fram handen, men var liksom för snabb. Han såg mig inte ens. Istället tittade han forskande på dig och sa:

”Det var oväntat, minsann.”

Men hans röst lät varken förvånad eller glad. Inte heller reserverad, snarare konstaterande. Som om han hade vetat om att du skulle komma.

”Det här är Jonas som hjälper mig att gå framåt i livet”, sa du plötsligt. ”Jag har en skada i mina fötter, som du vet, eller har jag kanske inte nämnt det?”

Sven-Erik vände sina indianliknande ögon mot mig:

”Jaha, jag trodde du skulle vara längre”, sa jag lite försmädligt och sträckte fram handen.

Han skakade den rejält och svarade:

”Jag säger som Picasso sa en gång i tiden. Fem centimeter till hade varit bra, men nu är det som det är.”

”Du kanske behöver mer än fem, men det där känner ju Thora bättre till, eller hur?”

Jag sneglade på dig. Inget gensvar därifrån precis. Jag hade redan gått över gränsen, efter två minuter. Men Sven-Erik.

Hans ögon liksom drog på munnen. Han skrattade därinne. Han tog ett bloss på cigarren.

Och jag visste ju inte alls vad han tänkte, men han påverkade mig.

Och genast ville jag visa alla på det här snofsiga galleriet, att killen som Thora Wall kommit indragandes med faktiskt kunde snacka för sig. Utan direkt hänsyn till dig, även om jag hade lovat. Jag *kunde* inte bry mig.

Vi avancerade mot konstverken.

Thora Wall, hennes 82-årige exmake, samt en ny, 25-årig, mörk kille.

”Hur är det med Birgit?” frågade du medan Sven-Erik höll dig under armen. Själv gick jag bredvid för att höra på. Inte lämna er ensamma för en sekund, här sprangs inte i förväg inte.

”Jodå, hon mår bra … hon sitter där”, sa Sven-Erik och pekade bort mot två fåtöljer på övervåningen. Jag såg en äldre kvinna, med grått, krulligt hår och glasögon sitta bredvid en annan. Så det var alltså Birgit.

Du hade berättat bakgrunden om henne förut. Hur hon hade varit din bästa vän under äktenskapet med Sven-Erik, hur du hade anförtrott dig till henne under flera år och sen hade Birgit avslöjat hennes och Sven-Eriks hemliga förhållande. Du hade känt dig så fullkomligt, så in i helvete bedragen och nu satt hon där och skärskådade oss.

”Så Birgit är din nya fru?” frågade jag och liksom kastade ut ett lockbete.

”Sen 45 år tillbaka, ja”, sa Sven-Erik lite avmätt.

”Ja, hon ser i och för sig rätt uttråkad ut, har hon suttit där länge?”

Plötsligt ursäktade sig Sven-Erik och jag kände hur ställningen blev ett noll till mig.

Jag tog över under din arm och vi gjorde en ansats nerför trappan. Det fanns inga räcken att hålla sig i om jag minns situationen rätt, och då blir det alltid extra besvärligt.

Men vi lyckades. Och vi gjorde det rätt snyggt också, faktiskt. Jag menar, inte fan kunde vi bara ramla in mellan avdelningarna på ett sånt här lite pittoreskt galleri inför Sven-Erik och hans vänner. Så kände vi nog båda två.

”Du är ju ändå Thora Wall”, sa jag när du tagit sista trappsteget. Vi stod lull ett tag.

Såg ut över det runda, vita rummet. Små tavlor hängde längs väggen i sektioner och vi tog en promenad och granskade. Sven-Erik Berg visade sig tyvärr vara en originell konstnär, bitvis mycket bra, upptäckte jag. Jag hade aldrig lagt märke till såna färger, den där koncentrationen i de små bilderna. Vi stannade till framför en rad på sju stycken.

”Den är bäst, helt klart”, utropade jag och önskade inom mig att du skulle instämma. Eller rättare sagt, jag *visste* ju att du skulle göra det. Och jodå. Du hade fallit för samma verk.

Inte helt oväntat dök Sven-Erik upp bakom oss, som från ingenstans. Jag snirklade till en kommentar i huvudet:

”Det är väldigt stor skillnad på den *här* och de andra i raden, tycker jag, de andra är ju verkligen *inte alls* lika bra.” Men din exmake körde en annan taktik. En mer sofistikerad samt vinnande sådan och visade med sin hand mot en större tavla längre bort.

”Kommer du ihåg när jag gjorde den där, Thora?”

”Ja, *den ja*”, sa du och log som när ett barn fyller år.

Det var tydligen någon jävla tavla från tiden precis efter att ni gift er och bodde tillsammans i ett litet kärleksrum i Aspudden. Sent femtiotal och ÄlsklingsJonas var överhuvudtaget inte ens påtänkt. Fan också! Och jag föll igenom isen, likt ett helt ekipage på fyra hästar och en stor släde, allting bara drunknade i det iskalla vattnet. Sven-Erik tog dig åter under armen och ni gick vidare i rummet. Du skulle få beundra konstverken igen, nu med kommentarer från artisten själv. ”Men vi har faktiskt redan sett på alla dina jävla tavlor”, tänkte jag surt där jag gick lite bakom. Och på något sätt kapitulerade jag fast jag inte alls ville.

Jag gav er tid tillsammans, gick tillbaka och satte mig i soffan vid trappan. Här var faktiskt ganska trist kom jag fram till, efter att ha sett mig omkring. Ett snobbigt, äckligt galleri, helt enkelt. Under någon minut funderade jag över om det verkligen var nödvändigt att rivalisera med Sven-Erik såhär. Han hade ju aldrig gjort mig något personligen, dessutom gillade jag många av hans tavlor.

Men jo. Klart som fan att det var nödvändigt, även om Sven-Erik Berg skiter fullständigt i mig. Fast lite tänkte han nog och då skulle det vara: ”Fan en sån kaxig kille Thora har hittat.”

Du och Sven-Erik hade gått runt i ungefär fem år och var nu tillbaka. Han hjälpte dig ner i soffan och ursäktade sig återigen. Och varför inte, Sven-Erik hade ju redan vunnit matchen.

Du var så söt där du satt och liksom betraktade situationen, betraktade rummet. Likt ett barn på utflykt, oförberedd men nyfiken på allt, det fanns så mycket att titta på.

Ett äldre par gick förbi oss och damen nickade leende mot dig. Ytterligare ett fan som uttryckte sin tacksamhet, antog jag. Du log tillbaka, innan du föreslog att vi kanske borde avrunda, åka till Sturehof för lunch eller något. Jag höll definitivt med om detta.

Men just då kom den där svartklädda galleristen på höga klackar nerför trappan för att hälsa. Jodå, hon hade noterat vem du var, ja ni hade faktiskt träffats en gång tidigare.

Jag erbjöd henne min plats och reste mig, den svartklädda tackade och började sen konversera. Väldigt artigt och hon noterade käppen som du höll i. Sa att hon hade läst om din fotskada i en tidning, och du nickade.

”Jo”, sa du, ”det är ju alls inte lika lätt att dansa längre, eller att liksom springa ifatt en karl.” Du skrattade lite nervöst. Den svartklädda log sådär falskt.

”Ja, det måste ju vara *förfärligt*, jag menar att inte kunna gå och röra sig fritt, gud så hemskt för dig, kära Thora. Så du behöver ständigt hjälp med att gå, eller?"

Du pekade mot mig, sa att jag hjälpte dig, att Jonas är så snäll som ställer upp.

Den svartklädda fortsatte att kommentera din skada i fötterna. Med samma liksom felaktiga, misstänksamma sympati. Hon gjorde dig till invalid utan att du ville och bara drev på.

Under sin monolog lade hon elegant sitt ena ben över det andra och gav mig en blick. Jag vet inte vad fan hon trodde, men spelade med. Stirrade för en sekund rakt in, jag hade redan klockat henne, hittat hennes karaktär, men inväntade bara tillfället *att*.

"Så nu kan du inte *alls* dansa längre", upprepade hon igen, "det som du tyckte så mycket om …"

"Jo, men jag kan fortfarande dansa lite, om någon hjälper mig", invände du försiktigt, "och musiken är ju densamma, så att säga."

"Men du själv då?" sa jag plötsligt och stoppade förnedringen. "Tycker du själv om att dansa och knulla?"

"Eh, … ursäkta?"

Den svartklädda tittade förvånat upp mot mig. Hon hade förväntat sig en flirt, hon trodde att *det* var skälet till att jag avbrutit er.

"Jag tror du är jävligt bra på att knulla, jag tror att det är en av de få saker du faktiskt duger till."

Mitt tonfall grep tag i henne. Jag lät medvetet hotfull, jag trakasserade henne, men hon ville inte mer nu. Hon svarade inte.

"Ska vi ta och gå då?" sa jag till dig. Och den svartklädda kvinnan liksom haltade uppför trappan igen. Likt ett våldtaget rådjur.

Jag var övertygad om att du hade förstått att jag behandlat henne sådär för din skull, det var ju delvis därför du älskade mig. Gallaristen hade blivit knäckt, och så välförtjänt. Enligt mig hade hon ju sårat dig i onödan men du sa ingenting. Antagligen visste du inte var fan du skulle börja. Det var ju så uppenbart att jag hade avreagerat mig på henne, att jag bara hade använt henne rakt av. Att det där med ”för din skull” bara var något jag försökte lindra med, när vi satt och tuggade mittemot varandra på restaurangen.

För samtidigt. *Egentligen.*

När jag suttit där i soffan och du och Sven-Erik hade strosat runt och kommit ihåg ert liv tillsammans, när han inte behövde kämpa mer utan sen lugnt kunde överlämna dig ... Likt ett välklätt offer hade kvinnan på höga klackar kommit nerför trappan. Jag behövde henne så jävla mycket just då.

Utan ström

DU SATT I DIN STORA FÅTÖLJ och tittade ut genom fönstret.

Där ute var det höst och ett ösregn liksom hälldes ner ifrån skyarna.

Jag satt i soffan och tittade igenom några av dina diktböcker. Läste tyst för mig själv.

Vi var så långt från allting nu. Sommaren hade passerat så fort, du och jag hade passerat så fort, förbi mål, förbi alla kontrollanter och nu satt vi bara här.

"Kommer du ihåg när vi tramsade i den där soffan, med kuddarna", sa du och log.

"Hmm", sa jag "det gör jag. Du, här är en dikt som jag tycker väldigt mycket om faktiskt."

"Vilken då?"

Och jag försökte recitera, den handlade om de nakna träden.

"Ja, den ja", sa du och höll med om att den var bra.

Jag lade ifrån mig boken, reste mig och drog fram en stol närmare dig. Du tog min hand i din och ville hålla om. Sen satt vi bara där och pratade, ända tills vi märkte hur regnet plötsligt slutade. Det bara slutade sådär kvickt, precis som det kan.

Och så tystnaden efter.

Tystnaden, efter dånet mot hustaken. Utanför föll bara någon enstaka droppe. Den som frigjorde sig från rinnandet, och sen … *där* är den.

Madame Wall

"MEN DU VET JU ATT JAG ALLTID har varit en flicka som aldrig blir sjuk, jag har aldrig haft någon riktig feber, bara en sådär 37,5. Det blir liksom ingenting av det!"

Du talade med din husläkare i telefon. Anledningen var att du känt dig väldigt seg och hängig under en längre tid, men det var ingen feber liksom husläkaren anade. Nej, du var helt säker.

"Ja, Jonas är här. Han är min enda lycka i världen."

Du ropade till mig i vardagsrummet.

"Jonas? … Jonas! … min husläkare säger att du är den bästa medicin han kan skriva ut åt mig just nu."

"Ja … allt som är gratis", svarade jag.

"Ja, precis … Jo, Jonas säger att han är ju gratis också."

Du skrattade igen och avslutade samtalet. Jag kom in till köket och satte mig mittemot. Tog dina händer i mina och undrade vad ni kommit fram till. Men husläkaren hade inte kunnat säga exakt vad som var fel, *kanske* kunde det vara en depression. Men du ville ju veta nu på direkten. På sekunden! Fan också! Jag tittade på klockan på din handled och upptäckte att tiden hade runnit iväg. Jag var snart tvungen att gå.

Höstterminen hade redan börjat, kursen i engelska krävde resultat, och jag hade ett schema att följa nu, från universitetet. Plötsligt måste Jonas rusa iväg, bara sådär *utan att*, och jag kände din förvåning varje gång. Ditt motstånd. Trots att du visste varför. Känslan av att jag lämnade dig utan giltigt skäl, och jag förstod.

Jag var ju din ungdom och du var mitt barn.
Vi skulle ju vara med varandra.

Och i denna ömsinta kärlek vi upplevde kunde jag aldrig fatta exakt hur det där med lägenheten kunde bli så jävla fel. Hur du kunde göra mig så besviken.

Kunde du inte förstå hur stolt jag var över den där lägenheten, en liten etta på 37 kvadrat som jag hade haft turen att komma över. Ja, det var sant. Och att få tillgång till en egen lägenhet var liksom det största som hände mig den hösten, dessutom tyckte jag faktiskt om den också.

Samma dag som kontraktet skrevs ringde jag upp dig. Jag hade ju något att berätta för fan!

”Nej, men vad säger du? Har du fått en egen våning!”

”Ja, alltså, våning är väl att ta i, men den är faktiskt rätt snygg, tycker jag.”

”Men när får jag se detta mirakel, när kan jag komma över på te, som det heter?”

Ja, allra helst hade jag velat att du hade kommit förbi just den kvällen, men klockan var för mycket. Alltså skulle jag komma över till dig nästa dag, efter ett seminarium och så kunde vi ta en taxi över från söder.

Jag led igenom natten, kunde inte vänta.

För jag visste exakt hur jag ville att det skulle gå till, själva visningen alltså. Vi skulle inte stanna länge alls, nej, detta måste göras snabbt och rafflande, precis som Thora Wall vill ha det, ja, man kunde nästan be taxin vänta utanför, jo absolut. Vi skulle bara *svischa* igenom lägenheten, du skulle få inspirerande intryck och sen *kvickt*. Tillbaks in till stan.

Jag var rädd för att tråka ut dig, lägenheten fick inte sagga ner på tempot. Så tänkte jag, även om jag var stolt över den. Även om jag kände dig. Kände nervositeten. Rädslan. Tänk om jag tråkade ut Thora Wall, nej, det fick bara inte hända.

Men vi lät aldrig taxin vänta på oss utanför. Och du sa väldigt lite.

Vi stannade inte för länge, men du sa nästan ingenting. Lägenheten var i och för sig inte möblerad ännu, men inte ett dugg om att den var fin, *inte ens någon kritik*, ingenting om att du antingen gillade eller ogillade.

Allt du sa var ”jaha ...” och sen i köket ”jaja ...”

Och jag minns hur jag gick runt efter dig och berättade om måtten, hur väggarna var olika höga, att taket var ojämnt men att det inte gjorde något, jag tyckte det var ok för mig.

”Visst är den ändå fin, Thora?” försökte jag igen. Din spetsiga näsa gick liksom upp och ner, du inspekterade pö om pö, men sa fortfarande ingenting.

Efter några minuter ringde jag efter en taxi från min mobil. Jag ville inte att du skulle vara kvar i min lägenhet längre, du hörde inte hemma där. Du var en elak person som sårade, dessutom kände du av det men fortsatte ändå.

Men se, sådär fungerar Madame Wall, hon som alltid är så chict klädd. Hon tänker inte ge med sig, tänker inte bjuda till bara för sakens jävla skull. Även om jag hade varit ditt eget barn, skulle det aldrig ha hänt. För det finns liksom en jävla fason hos dig som tvunget måste såra, även mellan oss två. Men jag fattade inte varför.

Ändå åkte vi tillsammans in till stan igen, och det ångrade jag redan då. Nej, jag skulle ha kört över dig med en stenkrossare istället, det hade känts fan så mycket bättre.

Jag gav så lite uttryck för min besvikelse jag kunde, där på caféet efteråt. Jag ville försöka dölja att jag kände mig näst intill kränkt. Du sa något jävla löjligt om att ”men jag *tänkte* mycket när vi stod där i lägenheten, jag såg liksom hur den skulle kunna möbleras och så. Du ska fråga mig om färger innan du målar om, sånt är jag bra på.”

Var detta samma Thora som älskade mig så mycket?

Var detta samma Thora som tidigare sagt att *hon* minsann skulle ge mig 4 000 kr i månaden så att jag slapp sitta i kassan på Konsum?

Javisst!

Och samma kvinna ropade så ängsligt efter sin Jonas på en utställning hon hade några veckor senare. Kommer du ihåg vernissagen?

Hur du var lite nervös sådär innan dörrarna slogs upp, för tänk om ingen skulle komma! Tänk om alla struntade i Thora Wall nuförtiden? Du påpekade att detta mycket väl skulle kunna inträffa, vem fan ville ha en gammal kärring, och detta sa du till mig av alla människor.

Men så blev det inte.

De närmsta timmarna innebar total uppmärksamhet från dina fans, och jag ställde mig lite vid sidan av som vanligt. Paranta damer kom in och stannade till vid dig, sänkte ner stora blombuketter, tackade för din litteratur, sa hur mycket du betydde för dem, eller erkände att de *också* visste hur en afrikan kändes.

Och varje människa som offrade till dig fick förstås ett leende tillbaka, ett utdraget ”tack” eller ”nä, men vad säger du …”

Men ibland gjorde du ett avbrott. Spejade oroligt ut över lokalen men kunde inte se, var tvungen att le vidare men … vart hade din ÄlsklingsJonas tagit vägen?

”Jonas? … Jonas?”

Jag befann mig djupt därinne, men hörde genast hur du ropade genom sorlet. Din röst skulle verka oberörd, du låg ju fortfarande i sändning så att säga, men den var sprucken i kanten av ängslan. Jonas kan väl inte ha försvunnit?

Men när jag kommer emot dig genom trängseln, när min blick silas genom alla människor och fångas upp av dig. När jag når fram, lutar mig över och kysser dig inför alla tanterna med sina herrar sådär obesvärat. Känslan när du låter mig ta plats där bredvid dig.

Så att besökarna kan se, imponeras av, men inte bara därför. Jag känner tryggheten hos dig, att jag *lugnar* genom min närhet. Alltså sitter jag kvar och blir presenterad utan krångligheter:

"… och detta är Jonas, han hjälper mig att gå."

Och plötsligt, för några ögonblick, dominerar vi tillsammans. Manövrerar publiken på vernissagen med snärtiga skämt som egentligen ingen annan förstår, nej, det enda glasklara är att vi flyter in i varandra och blir svåra att särskilja. Att vår bästa tid verkligen är just *nu*.

För sen, när vernissagen är över.

När alla har tröttnat på dina tavlor och blivit hungriga istället, när alla har gått. När klockan är sådär en kvart över fem och galleriet är släckt och låst och vi är på väg hem, du och jag och din käpp.

Ja, sen sitter vi bara där, i ditt vardagsrum.

Som i ett väntrum på en flygplats, en vackert inredd lobby. Men vi har inget plan att passa.

Ändå sitter vi bara kvar där inne, i *väntrummet* och undrar vad fan vi ska göra nu?

Vi tror att allt står stilla, att ingenting *rör sig* och vi irriteras över detta.

Men egentligen störtar vi huvudstupa framåt och spränger igenom vall efter vall.

Och därute, efter sista vallen …

Jonas-effekten

ÅTERIGEN RINGDE DU TILL DIN läkare för trötthet och allmän nedstämdhet. Det var inget allvarligt alls men alla runt omkring dig märkte ju. Men ingen kunde förklara varför, du mådde ju trots allt mycket bättre nu än på väldigt länge, när Jonas kommit in i ditt liv.

En eftermiddag kommer jag förbi och möter Majken i hallen. Hon låter oroad.

”Thora har varit så trött att hon inte har kunnat stiga upp. Hon har legat i sängen hela dagen.”

”Idag igen?”

”Ja, jag vet inte vad det är, men det kan ju vara en ny depression som doktorn säger.”

Jag hör hur du ropar och går in till sängkammaren. Där ligger du, fortfarande iklädd nattlinne, omsvept i morgonrocken och med täcket halvt nere på golvet. Jag ställer mig vid fotändan.

”ÄlsklingsJonas”, säger du, men låter inte alls sådär trött som Majken hade varnat för.

Jag ler halvt mot dig. En frukostbricka står på stolen bredvid dig, men du har inte rört maten. Den äcklar dig, jag kan se det.

”Ska du bara ligga här hela dagen, vi skulle ju ta en promenad?”

”Nej, det blir ingen promenad, jag vill bara dö. Jag tänker aldrig stiga upp mer, och så är det.”

Jag kastar en blick på Majken som kommit in i rummet.

”Kom igen, Thora, du kan inte bara ligga här och dö”, manar jag på.

”Jo fan, det kan jag visst, det bestämmer väl inte du!”

Majken sätter sig ner på en stol längre bort i rummet. Hon känner på sig att detta kan ta tid. Men hon har fel. För jag går fram till fönstret och öppnar det på vid gavel. Frisk luft lägger an och det blir kallare. Du drar upp täcket, men jag greppar tag i andra änden och *rycker* undan det.

”Om inte du reser dig nu och går in i köket, så *går* jag. Du behöver inte alls leva när jag är här, men ta för fan en promenad med mig. Ok? Jag väntar där ute.”

Efter mycket ”jag vill bara dö” och ”nej, jag vill aldrig mer gå ut” kommer du in till köket. Uppstigen ur graven och nyduschad. Och så in i helvete seg.

Ändå tar vi den där promenaden och du är satans trött men lunkar på. Du får ju inte göra Jonas besviken nu när han har kommit. Jag kramar om dig och vi äter dyra bakelser på ett café.

Men sakta stänger någon av strömmen och laddningen börjar rinna ut. Som vatten.

Och båda märker det men ingen vill kännas vid. Istället kysser du mig och säger att jag räddar livet på dig, att jag fortfarande *kan*. Även om vi inte skrattar lika ofta längre, ömsintheten finns ju där. Vi kanske inte ens behöver skratta längre?

Tre dagar senare inväntar vi en taxi utanför din lägenhet. Du har en tid hos en psykolog och får inte komma sent, men taxin syns inte till. Färdiga står vi utanför din port och spanar, speciellt jag. För jag vet ju hur du reagerar om taxin inte kommer strax.

Men så händer det!

Jag tänker, jag *repeterar* själva tanken i huvudet:

”Jag vet ju hur hon kommer att reagera om inte taxin kommer strax. *Det vet jag ju redan!*”

Och innan du ens hunnit börja klaga över att behöva stå upp

för länge, innan du hunnit gnälla om att taxibolaget har svikit oss … *Plötsligt är jag förberedd.*

”Är du verkligen säker på att du gav dem rätt adress?” säger du nervöst.

”Varför skulle jag ha gett dem fel adress, Thora?”

Och jag skriker inte. Jag snäser inte ens av dig utan agerar *rationellt.*

För egentligen är jag inte alls närvarande. Utan vidare har jag tagit steget utanför rutan som är du och ditt liv. Varför säger jag inte emot, tänker jag. Såhär är inte Jonas mot Thora.

”Nej, det är något som är fel, de har glömt bort oss, du *måste* ringa igen Jonas.”

Men jag är bara tyst och tänker. Och du håller mig stadigt under armen när allting avbryts, när jag plötsligt upptäcker och ropar till:

”Var fan är väskan Thora? Din axelväska med plånboken i, den är ju inte med!”

Jag öppnar porten och leder in dig igen. Därinne kan du hålla dig i trappräcket så länge och du vet att jag måste springa upp, det är oundvikligt, men du är helt gråtfärdig av ängslan.

”Lämna mig inte, du får inte gå ifrån mig, Jonas.”

”Men fan Thora, jag *måste* ju, det tar högst två minuter.”

Jag känner hur allting arbetar emot oss och rusar uppför trapporna. Låser upp och liksom rycker och sliter mig genom rummen för att både hinna leta och hinna ner igen. Jag hittar väskan i hallen.

När jag är tillbaka har bilen fortfarande inte kommit. Jag håller upp porten igen och vi går ut. Ännu mer slitna, ännu mer otåliga.

”Jonas, du måste ringa upp dem igen, jag orkar inte stå såhär, de *skiter* i en gammal kärring som jag, *jag vet det.*”

Du är panikslagen, och jag kan inte agera förståndigt längre. Jag orkar inte.

Men där! Bakom hörnet! En taxi från rätt bolag svänger upp på din gata och stannar framför oss. Jag leder fram dig i tron att du ville sitta i framsätet som du brukar, men nej.

Inte den här gången. Du vill sitta därbak tillsammans med mig.

Men även om du håller mig i handen så darrar du under hela resan. Du stirrar oroligt ut på trafiken. Funderar men vill inte avslöja. Och jag känner hur du upplever ensamheten och skräcken, jag sitter ju bredvid.

Ångesten har överfallit dig.

På dagtid, tillsammans med Jonas.

Ångesten koncentrerade sig, den tyckte att nu hade Jonas och Thora fått nog av varandra och liksom dumpade all vår energi från ett lastbilsflak. Och kvar blev två redan jävligt utdragna människor, kvar blev hemtjänst och skolarbete, kvar blev bråken och skriken utan laddning.

Vems var egentligen felet att ÄlsklingsJonas plötsligt höll på att bli grå?

Spelade det någon roll vems fel, om vi fortfarande älskade varandra? Du älskade fortfarande mig, du betalade fortfarande för mig och ibland fick jag dig att skratta.

Nej, situationen *kunde* inte vara så jävla allvarlig. Och enligt doktorns senaste diagnos berodde allting istället på väderomställningen till hösten, det var hans bästa gissning, efter att du pressat honom ytterligare.

Majken däremot chansade på en ny depression, men hon sa inte hela sanningen. Hon sa inte det där hon hade lagt märke till:

Att Jonas-effekten började ta slut.

Ett stryptag

OCH DET VAR SAMMA SLAGS ångest som du känt hela livet, som du alltid fruktat, men nu hade du mindre att sätta emot. Du hade alltid haft konkreta lösningar och undanflykter, men nu kunde du inte längre springa ner på stan och in i en affär eller ett konditori, där det fanns folk. Där du inte var ensam. Knulla och dansa kunde du väl fortfarande men någon måste liksom hjälpa till nuförtiden.

”... och jag har ju alltid varit en sån usel dansare, Thora, *det vet du ju.*”

Du log med hela ansiktet när jag sa det där.

Jag kommer ihåg, för det var sällan vi skrattade tillsammans numera. Humorn fanns där, men kändes inte lika lättillgänglig. Den räddade inga liv längre.

För hela tiden störde ångesten, den bröt sig in i dig när som helst och skakade om inifrån. Slet upp dig ur segheten, men skenade förbi normalläget tills panikångesten regerade helt.

Och så en dag.

Du bara kände att du inte kunde vara ensam i våningen längre. Nej, aldrig mer, du vågade inte. Bara när du sov, inte annars.

Umgänge var det enda som kunde hålla ångesten i schack, alltså blev du tvungen att utnyttja alla dina resurser, och det innebar i första hand Majken och mig.

”Nej, jag vill bara dö nu”, sa du en förmiddag när jag kommit upp före en föreläsning. Vi satt ensamma i soffan och vardagsrummet var så satans vackert. Ljuset skildrade ett så levande författarhem, där allting kunde hända. Men det hjälpte inte. Du deppade ihop.

Orkade inte leta efter någon poäng med resten av livet, det gick inte.

"Det är lika bra att man avlivar Thora Wall nu", sa du, "bara hugger huvudet av henne och så blir det liksom nya … vad ska vi säga …"

"Nya *lokaler* eller?"

"Ja, precis." Du skrattade sådär flickaktigt och det var jävla längesen. Jag kramade om dig, lade mitt huvud mot din axel och blundade, kände ditt huvud emot mitt, kände min egen trötthet fast klockan bara var en kvart över tolv.

"Fan, jag måste gå Thora, annars blir jag sen. Lever du när jag kommer tillbaks, eller?"

"Ja", sa du, "det beror helt på när du kommer nästa gång."

Beträffande Majken och mig.

Du knöt oss tightare kring dig, till slut ströp du oss. Men vad skulle du ta dig till? Du behövde ju någon hos dig ständigt numera.

Förutom oss två fanns det en kvinna som hette Stina och en kvinna från hemtjänsten, som kunde stanna lite extra ibland. Men Stina hade ett riktigt jobb att sköta och hemtjänsten var schemalagd. Sen hade du ytterligare vänner som aldrig hörde av sig, och själv kom du på dåliga ursäkter för dem, när jag ifrågasatte deras vänskap. De hade ju så mycket att göra och en del hade familjer, *med barn att sköta* och så vidare. Alltså var det endast Majken och jag som hade tid. En pensionär och en studerande.

Men det var Majken som räddade livet på dig, inte jag. Utan tvekan.

Dessutom försvarade hon mina ursäkter om skolarbete som väntade, att läsa språk på universitetsnivå är minsann inte så lätt, det kunde hon intyga.

Men varje gång du ringde och sa att jag *inte* behövde komma just i eftermiddag därför att:

”Majken har berättat hur svårt det kan vara och det förstår jag. Jag ringde mest för att höra din röst en liten stund, kanske kan du komma förbi imorgon, en kvart eller så?”

Direkt tänkte jag ”stackars Majken, fan också. Jag måste stanna hela dagen nästa gång.”

Jag blev liksom tvingad till det.

För sanningen är att jag ibland inte ville.

Ville inte vara där bara för att någon jävel *måste* vara där, jag ville vara där som Jonas. Den vackre, humoristiske, unge mannen, han som räddar liv och äter gratis.

Ibland hade jag inte ens skolarbete att göra, och detta måste ju ha varit uppenbart för er båda. Jonas kunde ju inte vara upptagen varenda jävla dag, 24 timmar om dygnet?

Nej, inte alls, men *ändå* kunde jag inte komma till dig. Jag skyllde på skolan och Majken försvarade anledningen. Hon hjälpte mig att bli ledig och dricka öl på stan. Det kändes för jävligt. Därför gjorde jag också rejäla insatser av och till. Så att Majken kunde vara ledig.

Men hos dig förlängdes tiden. Obetydliga klockslag som 10.23 och sen 10.26 började liksom existera och plåga oss. *För vi gjorde ju ingenting*, ofta befann vi oss i din sängkammare och bara väntade ut tiden, väntade på att bli hungriga igen. Och ingenting var längre som förr.

Vi kunde inte ligga på sängen längre och vi kunde inte skratta utan ansträngning längre. Dessutom kunde vi heller inte gå ut på stan, för du sa att en slags depression höll fast dig, att du inte kunde resa dig ur sängen.

Samtidigt spelade detta ingen roll heller, för du ville ju bara dö och aldrig mer behöva leva.

Precis när jag kom förbi ville du bara dö, och jag kunde inte längre påverka.

Tvärtom, min uppenbarelse blev ett brutalt tecken på hur jävla meningslöst ditt liv verkade, eftersom jag var så mycket yngre och hade fungerande fötter. *Sådär* såg vitaliteten ut och var fan är den nu?

Ofta satt jag bara där i din gungstol vid sängen. Frustrerad över att jag kommit över för en promenad, när du ändå inte ville. Så jag kunde väl lika gärna dra då? Eller? Bara lämna dig att bli uppäten av ångesten? *Du ville ju fan inte!*

De enda gånger jag lyckades uthärda utan att vi började bråka eller argumentera, var när Majken ringde om avlösning, eller när hon ville ändra en tid på grund av förhinder.

Min identitet stärktes när Majken bad om hjälp, och jag sa alltid "javisst", eftersom det handlade om en *bättre* identitet. Jag blev någon Majken kunde räkna med, en i truppen, istället för den där gråa diagnosen, som tidigare varit ÄlsklingsJonas. Han som en gång, och så vidare …

När du själv ringde ville du i och för sig också ha *just mig*, men känslan av exklusivitet sjönk så fort jag klev innanför din dörr. Du hade ringt efter Jonas, men efter fem minuter blev Jonas inget mer än bara jävla vanlig. Ett fall från flera meters höjd.

Därför blev min relation till Majken allt starkare, det kändes så. Jag beundrade hennes tålamod som grundade sig på en oerhörd respekt inför den drabbade, och jag försökte verkligen förstå. Tänk om jag också kunde känna samma vördnad och respekt inför dig, men det gick inte.

En kväll när Majken stannat hos dig kom jag förbi vid tiotiden.

Du hade redan bäddat ner dig och Majken ägnade sig åt att vika ihop eller hänga in dina kläder på sin rätta plats. Jag hade redan vaktat dig på förmiddagen, före ett seminarium, men återkom för ett oanmält besök. För att visa att jag verkligen brydde mig, för att överraska, göra lite för mycket, sådär men herregud! Jonas! Två besök på en dag, vad ska ske härnäst?

Men det var Majken jag ville fånga den kvällen. *Din* glädje hade jag räknat med, plötsliga besök hade ju alltid varit min bästa gren när det gällde oss.

Efter ungefär en halvtimme önskade Majken gå hem och sova och jag uttryckte detsamma. Eller rättare sagt, jag nämnde i förbifarten min totala ångest inför allt jävla skolarbete som väntade. Du försäkrade oss om att allt var helt i sin ordning, vi hade ju legitima ursäkter båda två, dessutom var du tursamt nog väldigt trött den kvällen.

Det var spännande, nästan historiskt att gå nerför stentrapporna i ditt hus tillsammans med Majken. För ett år sen hade hon aldrig vågat träffa mig och nu, när vi liksom växlade positioner hela tiden, blev det en praktisk omöjlighet. Tills den här kvällen.

Och ute på gatan började vi prata. Om dig, om oss och om hela situationen.

”Jag trodde att du inte klarade av Thoras humörsvängningar”, sa jag när vi gick igenom parken. Majken skrattade lite reserverat.

”Men jag har ju varit lärarinna i nästan 40 år på högstadiet, hur många panikslagna och självmordsbenägna unga tjejer träffade jag inte där?”

”Nej, det är klart … men alltså … det här med Thora, som det är *nu* menar jag … då gäller det hela hennes liv ut eller?”

”Ja, jag antar väl det”, sa hon sakta. ”Så länge man orkar med i alla fall, hon har ju ingen annan just nu.”

Jag stannade till, och vi stod bara någon meter ifrån varandra.

Att allt detta tålamodskrävande skulle gälla i flera år till för oss två …

Så tänkte jag just där och då, och med en diskret min visade jag hur jag bävade inför detta. Men inte Majken.

Hon visade inget.

Blåsningen

VI ALLIERADE OSS FAST INTE MOT DIG. Nej, aldrig.

Utan mot läkare och psykologer som inte kunde hjälpa dig, mot dumma kvinnor från hemtjänsten som inte stannade medan du åt färdigt din frukost, mot tjejer som glömde att duscha dig, och mot alla andra som gjorde dig obekväm.

Och jag tyckte alltid som Majken. Att tycka som Majken tillsammans med dig, alla mådde så bra av detta. Du och jag behövde henne för att neutralisera oss gentemot varandra och jag tyckte som Majken. Tyckte om Majken.

Men vårdarna ska inte bli alltför kamratliga och huvudpersonen får *absolut* inte glömmas bort eller komma i underläge, bara för att Majken och jag ibland pratade om mina studier, eller något annat trist. Du kunde mycket väl avbryta oss med ett inlägg om något helt annat mitt i, eller bara visa med ditt ansiktsuttryck hur vi nu hade "glömt" bort dig. Ignorerat Thora Wall, *pratat om annat när hon faktiskt sitter framför oss.* Sånt får inte förekomma.

En dag när jag satt hos dig och ångestvaktade, pratade du och Majken i telefon. Jag märkte inget konstigt under samtalet, men när du lagt på luren sa du fundersamt:

"Det är *någonting* med Majken just nu, hon har liksom kommit in i en slags fas."

"Vadårå?" undrade jag lite slappt. Trodde det var en förkylning du menade.

"Hon tycker inte alls om dig längre, *inte alls*. Det är sant."

Du såg på mig och såhär i efterhand vill jag minnas att du faktiskt liknade en orm. En orm, med svarta ögon, som glaskulor.

"Va? Varför då? Fattar hon inte att det är vi två som kan vakta dig mest. Det är ju mig hon kan fråga."

"Ja, jag vet ... nä, hon är helt enkelt avundsjuk på mig."

"Va?"

"Ja, *för att jag har dig.*"

Och svaret kom så självklart och idiotförklarande på tonen, från barnet som har favoritleksaken, som äger den. Jag lovade dock att Majken absolut struntar i mig på det sättet, men du insisterade. Det *var* därför och nu riktade hon alltså sitt agg mot *mig*, inte emot dig, nej, det skulle bli för uppenbart. Majken ville bara att jag skulle försvinna enligt dig.

"Vafan ... nej Thora, det här tror jag inte på, *varför det,* det är ju mig hon kan fråga, sen har hon ju sagt att hon faktiskt gillar mig, *DU har ju fan själv sagt att Majken gillar mig.*"

"Ja, och då var det sant, men inte längre", sa du kort. Och så färgades eftermiddagen av något spännande.

Några kvällar senare, när du satt på sängen och pratade med *henne*, hon som avskydde mig så desperat. Klockan var väl runt tio och jag kom in från TV-rummet för att mana på lite. Skulle hem tidigt den kvällen hade jag tänkt. Du sa några avbrutna meningar till Majken och lade på luren. Tittade på mig.

"Ja och Majken tycker så *fruktansvärt* illa om dig, ja, det är inte klokt."

"Jaså, fortfarande, vad säger hon nu då?" Och jag skrattade lite på rösten den här gången.

"Ja ... att hon inte fattar hur fan jag kan stå ut med dig, men jag tror *faktiskt* att hon är avundsjuk, och ja, att du är liksom en lös, farlig typ ... som man ska akta sig för. Hon vet ju om det där sexuella brevet du skrev i början."

Ja, det där brevet, tänkte jag, som du alltid skryter om för andra så gott du kan. Skulle världen därute någonsin kunna greppa att du hade fått ett så sexuellt brev av en ung man, ja, det var ju utan tvekan det mest upphetsande du någonsin hade hållit i handen.

Men nu. Du lät så jävla slug och döljande, som att "jovisst, det var ett jävla eggande brev, men Jonas skulle ha tänkt sig för innan han skrev det".

"Men vafan", sa jag, "hur länge sen är inte brevet, Majken känner mig ju mycket bättre nu."

"Jovisst", sa du och tittade ner. Ett annat tonfall i rösten nu.

Snopet såg du ner på mattan och jag blev osäker på vad du tänkte. Skulle du bekänna nu eller spelade du fortfarande teater? Jag borde ha ringt upp Majken själv och ifrågasatt dina påståenden direkt, men jag ville vänta. Ville se om det skulle hända igen.

Du vände upp blicken mot mig. Påminde mig återigen om hur mycket Majken nu *verkligen* hatade mig. Sådär vansinnigt mycket. Och ditt ansikte, *dina ögon* talade om något. En utmaning igen, men knappast sexuell.

Nej, du satt liksom förberedd där på sängkanten och inväntade. Hade du en längtan innerst inne om att jag skulle ringa upp Majken, där, från ditt sovrum och skälla ut henne? Fråga vad fan hon menar, och Majken skulle förstås förneka allt och vi skulle börja bråka öppet, medan du sitter bredvid och viskar: *"Ja, det är klart att hon förnekar det."*

Eller inte fan visste jag. Men istället gick jag lugnt tillbaka in till TV:n.

Vi satt vid ditt köksbord dagen efter, när telefonen ringde. Du hälsade och sa direkt:

"Ja … ja han är här, han sitter framför mig nu … hm …"

Efter en kort stund lade du på med en smäll.

"Var det Majken nu igen?" sa jag och log mot dig. För nu hade även jag förvandlats till en orm, lika listig som du och jag roades av händelsen.

”Ja”, börjar du. ”Och hon frågade om han fortfarande är kvar? *Är han fortfarande kvar?*”

”Jaha”, sa jag lugnt och tänkte att överenskommelsen är ju idag att hon ska komma vid tre. Till dess kommer jag att vakta, men tror Majken verkligen att jag skulle lämna dig ensam bara sådär?

”Vadå, vill hon komma tidigare eller?” sa jag.

”Nä GUD NEJ!, hon kan inte komma över när du är här.”

”Hon kan inte komma när jag är här? Hon gör aldrig det, Thora! Och vafan skulle hon göra det för, Majken är ju så mån om sin lilla fritid, hon tycker det en waste av folk om *två* är med dig samtidigt. Allt detta vet du ju själv om, eller hur?!”

Barnet hade lekt slut på förälderns tålamod nu.

Jag frågade rakt ut varför du betedde dig så illa mot två som kämpade för att pussla ihop tider för ditt jävla välbefinnande. Du gjorde en ansats, tittade sen förvånat på mig, ungefär som att ”men varför blir Jonas arg på mig, det är ju Majken som hatar honom, *inte jag*”.

Och jag såg på dig att du inte alls hade räknat med detta. Hur fan skulle du vända på båten nu?

”Men hon hatar väl oss båda två”, sa du plötsligt.

”Hon hatar dig för att jag älskar dig och hon hatar mig för att jag är så levande och en rikskänd författarinna!”

Samma kväll när jag kommit hem ringde jag upp Majken:

”Nä, det har jag nog aldrig sagt, att jag hatar dig, nej … det har jag inte.”

Nog inte sagt?

Jag förstod inte.

Från kvinnan som verkligen har gått den långa vägen till att tycka om mig, men som jag i gengäld byggt upp en rätt stabil kontakt med.

”Men vadå *nog inte sagt*. Har du sagt så till Thora eller inte? … Tycker du inte om mig längre eller, alltså som person?”

”Men, spelar det egentligen någon roll vad *vi* tycker om varandra?”

Och på ett sätt kunde jag hålla med Majken. Vi skulle ha kunnat agera opersonliga vårdare av samma patient från två *helt* olika sjukhus, men nu var ju läget annorlunda. Uppenbarligen existerade en sanning, där på telefonlinjen. Jag kände mig jävligt blåst, precis som i en film.

”Men ok, Majken, om du inte, *eller om vi* nu inte tycker om varandra, så behöver jag heller inte ställa upp något mer. Jag behöver absolut inte känna skuld längre om jag inte … eh (jag kom av mig, situationen hade blivit nästan surrealistisk).”

Och Majken förklarade.

Att hon visst var glad över att min hjälp fanns till hands, men samtidigt attackerade hon med att jag inte hade ställt upp lika mycket på sistone, att det var hennes åsikt om saken. En talande tystnad uppstod.

”Vafan säger du inte som det är Jonas”, tänkte jag snabbt. Hon fattar ju det i alla fall. Skamset erkände jag att hennes påstående säkert var sant, att jag varit *för* upptagen på sistone. Även om jag påpekade att jag hade gjort bot de senaste dagarna, när ni båda hade ringt efter mig. Däremot kunde jag inte erkänna att jag ljugit om flera skolarbeten för att slippa undan.

”Du kommer bara att sjunka i människovärde i Majkens ögon, det spelar ingen jävla roll hur modig *du är*, eller hur förstående *hon är.* Du kommer ändå att sjunka, Jonas.”

Själv var Majken redan inne på sin nästa åsikt om mig.

Att om du och hon gör något tillsammans och jag kommer över, så måste era sysslor direkt avbrytas, bara för att Jonas har ramlat in. Jag är väldigt dominerande och *tar över* Thora, bara sådär.

Men inför detta stod jag fullkomligt jävla oförstående och det liksom forsade ur mig:

”Va, hur kan du känna så, jag tycker ju det är kul när du kommer, och jag säger aldrig till dig att sitta i ett annat rum, ingen av oss gör ju det, om jag …"

"Och detta måste jag fråga dig om Jonas", överröstade Majken, "Thora säger att du har slagit henne, är det sant?"

Här framgick det tydligt av Majkens röst att våra interna problem aldrig kunde mäta sig med denna fega förnedring av en kvinna, speciellt när vederbörande givit mig så mycket. En kall, inväntande ton, och jag kände av den eventuella domen. Likt en känga precis ovanför skallen.

Jag berättade lite nervöst om den ödesdigra kvällen och hoppades att Majken skulle tro mig.

"Det spelar väl ingen roll vad jag säger nu, men jag slog henne aldrig. Nej."

Mitt sista nej kom aningen för ilsket, och det var inte meningen. Jag visste ju vad som hade hänt, jag behövde inte dramatisera min oskuld här.

Majken replikerade bara med ett enkelt "ok" på hela historien. Sådär lite sammanfattande, ungefär som att samtalet höll på att dra ut på tiden. Hon ville lägga på men jag bara vägrade avsluta. Och vi kom fram till gemensamma nämnare i din version av "slagsmålet", samt i det som du påstod att Majken skulle ha sagt om mig; din faiblesse för att överdriva och lägga till. Hur du alltid dekorerade för mycket runt om.

Jag kände en ensam fjäril i magen när jag lagt på luren.

Hur Majken och jag tyckte lika igen, jovisst, men … Så tunt och vilset den där lilla fjärilen fladdrade omkring. Omöjlig att hoppas på, Majken hade raserat något som jag trodde funnits.

Eller kanske hade det aldrig ens existerat?

Majken har aldrig tyckt om mig egentligen …

Så måste det vara.

Realiteter

JAG KOM FÖRBI PÅ EN LÅNG lunchrast mellan två föreläsningar. Ville se hur det var med dig, jag hade ju varit upptagen med en tenta några dagar. Dessutom visste jag exakt hur mycket Majken måste ha kämpat och ville träffa henne också. Ville rädda mitt samvete, komma med ursäkterna *för att* och så vidare … En helt okänd kvinna öppnade dörren. Blond, rätt lång, med glasögon.

”Hej, Lena heter jag, jag är här hos Thora idag.”

”Jaha”, sa jag lite frågande när jag tog av mig skorna. ”Är du från en tidning eller?”

”Nej, inte alls. Men om du är Jonas så har vi pratat på telefon en gång på natten, när Thora ringde upp och …”

Jag avbröt henne där, så vänligt jag förmådde. Istället frågade jag om Majken, och Lena sa att Majken hade sovit över där i natt, att hon nu var hemma och vilade.

”Har du sovit över?” väste jag, när jag pratade med Majken nästa gång.

Vi träffades hemma hos dig och sådär instinktivt gick vi in i köket innan hon svarade.

Du själv var på toaletten och skulle omöjligt kunna höra oss därifrån. Alltså ett kvartssamtal utan eleven, känslan av att; *jo*, det är nog bäst att vi pratas vid ostört, om det går bra?

”Ja, Thora ville inte alls vara ensam, så jag sov över på soffan.”

Majken lät liksom hoppfull på rösten, som att detta skulle vara en engångsföreteelse, men hennes ansikte avslöjade att detta mycket väl kunde bli permanent.

”Vid tio så var hon klarvaken och hade total ångest inför natten. Hon ville ta livet av sig och då är det ju inte så lätt att bara lämna henne ensam.”

Majken tog upp en trasa, blötte den och svepte av diskbänken ännu en gång. Den var redan skinande blank. Jag försökte läsa hennes tankar, den där minuten vi hade för oss själva.

Antagligen trodde Majken att jag aldrig skulle behöva ställa upp med övernattning, att du aldrig ens skulle be mig om en sån tjänst. Inte *ÄlsklingsJonas*, som var så vacker och hade sina viktiga studier att tänka på. Och plötsligt kände jag hur jag återfick min status, nej, kommer aldrig ens på fråga, *att jag skulle* …

”Så nu vet du att det kan förekomma, och det är inte speciellt …”

”Vadå?”

Du steg in i ditt kök och avbröt Majken som slutade tvärt.

Det där var din sedvanliga replik när du visste att några pratade. Du säger ”Vadå?” sådär barnsligt förvånat, men ändå misstänksamt. Det kan ju handla om dig och genast är du förberedd på det värsta, det vill säga att det *inte alls* handlar om dig.

Och den här gången kom du på oss. Upptäckte stämningen av snabbt bortviftad uppgivenhet.

Både Majken och jag hade varit för upptagna med att tänka, hinna greppa, inte alls märkt din tysta mak genom rummen. Jag hann möta dig, ge dig en kyss på kinden, en smekning i nacken, och säga ”lilla du”.

”Vad pratar ni om?” Du satte dig ner vid bordet.

”Nä, jag sa bara till Jonas att jag sov över här i natt eftersom du inte ville vara ensam”, svarade Majken helt ärligt. Sekunden efter kastade hon sig in i kylskåpet för att leta efter något ätbart. Till dig.

”Ja”, började du lite redogörande i tonen.

”Jag fick alltså en alldeles säregen ångestattack igår … på kvällskvisten … och eftersom Majken är en gudasänd ängel, så sov hon alltså över.”

Sista bisatsen kom väldigt forcerat ur dig. Precis som att du själv var införstådd med innebörden av detta, att övernattningar kunde bli *ett måste*, men inte ville kommentera läget mer just nu. Vi stirrade alla på potatissalladen som Majken tagit fram.

Nej, den hade inte hållit sig.

Förutom Lena dök det plötsligt upp ytterligare människor som anslutits till din närhet för att hålla dig sällskap. Dina söner och Majken hade lyckats vaska fram en annan kvinna i fyrtioårsåldern och sen ett par yngre tjejer, som inte hade sådär jävla mycket att göra om dagarna. Dessutom kunde alla tänka sig att sova över och runt nio på kvällen var det onödigt att du försökte verka självständig. Alla kände till att din ångest kunde eskalera just då, att bara tanken på att bli lämnad ensam gjorde dig panikslagen. *För du visste ju inte.* Du litade inte på någon längre. Tänk om flickan i soffan reser sig och går, tänk om hon vill ut och dra i karlar på stan istället?

Men naturligtvis var ditt intresse stort inför alla nypåstigna under de första dagarna. När alla fortfarande är nyhetens behag och speciellt de unga flickorna, som inte alls kände till dig.

Jag var hemma hos dig en gång när en av dem ringde på. Jag öppnade.

En söt tjej med rött hår och vita tänder, och plötsligt fick jag inte så bråttom därifrån längre. Istället väntade jag tills tjejen kommit in och tagit av sig, och sen satt sig tillrätta i din soffa. Själv tog du som vanligt emot från din tron, den vackra fåtöljen från Svenskt Tenn.

Du hälsade lite falskt, eftersom det här *också* var en mörkrets dag för Wall, precis som de flesta andra. Men det märkte inte flickan. Nej, det här var andra gången hon skulle sitta hos dig, och hon satt som uppstoppad. Ständigt leende.

Jag satte mig bredvid dig på en stol och betraktade henne. Tog din hand och kramade om. För säkerhets skull sådär.

"Har du läst något av mig, kanske? Vet du alls vem jag är, så att säga?"

"Å nej, jag har tyvärr inte läst något av dig, men det skulle typ vara JÄTTEKUL!"

"Ja, precis", sa du och skrattade lite. Du tittade mot mig. Tjejen var väl lite under tjugo år och totalt orörd, det märktes på henne. Hon kunde ingenting om dig, hon visste ingenting, alltså måste du berätta *allt* ur ditt händelserika liv. Om danserna, om dikterna, om männen och kåtheten och så är kvällen räddad. Perfekt. Det kommer förstås att bli en upprepning för mig, men när du sätter igång, när du briljerar, när du strålar ut från din fåtölj ...

Och bredvid dig har du ju dessutom en ung, mörk man som är farlig. Eller *var* i alla fall, för en gång fångade han dig. Och det är just det som är risken.

Den unga flickan kan bli förledd, eller ännu värre *låta sig bli förförd.*

Hon ska alltså *inte* stirra på killen bredvid författarinnan.

Flickan ska i bästa fall känna sig underlägsen dig eftersom du är vansinnigt mycket äldre och kan alla knep, sen ska hon göra mera te ute i köket och inte bli förälskad.

Men om detta nu skulle inträffa, jag menar, att tjejen blir för bekväm där i soffan och liksom särar på benen lite för mycket inför den unge mannen ... Ja, då måste du sjasa iväg Jonas snabbt.

Tyvärr var det dock högst osannolikt att någon av de unga tjejerna skulle bli förälskad i mig.

Jag såg till och med *ut* som en föredetting numera, inte bara betedde mig som en.

Precis som du egentligen.

Du var ju inte längre samma Thora Wall med alla glödande förtecken, och jag var en slags utbränd skönhet som läste engelska nu istället.

Dessutom fanns även andra unga män i din närhet nu, inte att förglömma. Hemtjänsten hade nämligen påbörjat en slags kvällspatrull bestående av två unga män som kom och gjorde te och bredde smörgåsar. Ett populärt nöje klockan halv nio som naturligtvis fick högsta prioritet, *jag vet ju*, jag följde ju alltid med er ut i köket. Och visst. Killarna såg bra ut, men de var liksom neutrala. Utan sting.

Något som även du förstås observerade, men för dig räckte det med att de var snygga.

Nya, fräscha, vackra unga män, och där satt Jonas och kände pressen. Konkurrensen, som du medvetet poängterade för mig, för att retas.

Och även *Majken* uttryckte en dag sin beundran för den ena killen, han som var lite tystlåten men ack, *så vacker.* Och just då.

När till och med Majken mellan raderna föreslog att det fanns andra än Jonas, *när du höll med*, och jag bara satt tyst på en stol vid sidan av. Jag kände mig utfryst, trots att reaktionen var helt normal från din sida, med tanke på läget mellan oss.

Men om jag också hade hållit med er, om jag hade sagt att "jovisst ser han bra ut", så hade jag indirekt erkänt att *jag, Jonas,* var så jävla ute.

Att det var dags att förnya, förbättra och byta ut.

Alltså höll jag käften.

Men trots att mängden på sällskap ökade, vilket gjorde att *alla* fick mer fritid, och trots att du fick möta nya ansikten som ännu var liksom oförstörda. *Det hjälpte ju fan inte.*

Bara under de första veckorna, sen hade du tröttnat på alla och ringde återigen efter Majken eller mig. Inte alls bara för att vi två var de enda som alltid ställde upp gratis med ångestvaktning (vilket i och för sig stämde och just detta faktum kände jag en viss stolthet över) – nej, vi hade andra kvalitéer.

Du sa att vi var de enda personerna du kunde lita på, de andra höll aldrig tiderna, du visste inte alls var du hade dem. Unga flickor som sprang ut och in genom våningen hur som helst, och som bekände för dig hur de knullade med stygga pojkar fast de egentligen inte skulle och att …

Nej, du tyckte verkligen inte alls om det här!

Premiär, för fan!

"TILL THORA WALL FRÅN Riksteatern", stod det på ett kuvert som redan var öppnat. Det låg lite undankastat på ditt köksbord, men jag fick syn på det. En inbjudan.

Till premiären av *Det mest utskällda*, två biljetter var undanlagda, och så namnet på en kontaktperson som skulle uppskatta *mycket* om du hade tid och lust att närvara.

Jag tog in det till dig, du låg på sängen och stirrade upp i taket. Dina ögondroppar måste få rinna ner ordentligt, du hade precis tagit dem.

"Titta vad jag hittade, Thora!" Jag började läsa upp, men du stoppade mig:

"Ja, det är den där ja ... ja, jag vet inte om jag känner för att ens åka dit, det är ju så jävla långt bort."

Jag undrade varför och påminde om tillfället. Det var ju premiären!

Jovisst, det hade du också förstått men:

"Du vet, Riksteatern låter ju som att det skulle ligga i stan tycker man, men det är inte alls så. Den ligger liksom i en förort, tusen mil utanför ... i Norsborg, tror jag."

"Men fan, jag är ju uppväxt i Huddinge, det är inte så långt därifrån."

"Nä, men gå på den du då", stönade du ansträngt. Och det ville jag faktiskt.

För det var jävligt sällan som du och jag gick ut nuförtiden. Restaurangbesök för att inte fullkomligt svälta ihjäl förekom väl fortfarande, och kanske en nedstämd filmpremiär om jag hade tur, men det var liksom allt.

Vi kunde sitta där på en efterfest och äta och dricka, beställa in mer öl till mig och du kanske pratade med någon du kände, eller bara *kände till*. Det spelade ingen roll, så länge vi kunde undvika bråk, undvika varandra. Så egentligen.

Varför inte bara skita i Jonas och ta med någon annan, det fanns ju andra som hjälpte dig nu. Andra intressenter, så att säga. Men ändå valde du mig. *Fortfarande.*

Kanske var det därför som du ändrade inställning. Plötsligt ville du att jag skulle följa med på den här premiären, just därför att jag inte hade sett pjäsen tidigare. Själv hade du redan sett versionen som spelades i stan, och tyckte det var ganska onödigt med en resa ut till förorten, för att se en *sämre* uppsättning där. Och du var rätt övertygad om att den skulle vara klart sämre redan nu.

”Men då måste du *lova* att sova över den natten, för jag vet inte hur lång tid det tar med allt jävla resande och allt?”

Efter en taxiresa på över en halvtimme stannade bilen utanför Riksteatern i Norsborg.

Ingen av oss behövde betala något, så länge som du sparade taxikvittona. Riksteatern skulle stå för alla kostnader, de var ju så glada över att du överhuvudtaget orkade komma. Hon, kontaktpersonen, som du hade ringt till några dagar i förväg och bekräftat din ankomst, hade blivit alldeles till sig av lycka. Så hade du tolkat henne i alla fall.

Klockan var lite över sex.

”En hel halvtimme kvar, då hinner vi äta något innan”, tänkte jag, när jag hjälpte dig ut från taxin. Jag tog dig under armen, och bilen körde iväg.

Framför oss höjde sig en enorm anläggning och detta var alltså Riksteatern.

Inifrån hördes musik och sorlet från en jävla massa människor, så uppenbarligen hände något därinne. Men du stretade emot sådär demonstrativt, när jag började gå mot entrén. Du ville vänta på kontaktpersonen, hon skulle ju komma och möta upp, det hade hon faktiskt lovat.

"Ja, men hon står säkert inne i foajén, hon kan ju varken se eller höra när vi kommer", invände jag. Inte alldeles för högt dock. Det stod nämligen ett par hyenor i flock och rökte utanför. Hyenor som inte tänkte gå *någonstans* förrän de hade försäkrat sig om vad Thora Wall och den unge mannen hade för planer. Och om de bara lyssnade riktigt noga skulle de säkert kunna höra.

"Antingen kommer den där kontaktpersonen just nu, eller så sliter jag upp Thoras kappa och tar henne på brösten", tänkte jag, när jag tittade på dem.

Men ingen hysteriskt glad människa kom ut för att möta oss. Du blev tvungen att bita i det sura äpplet och vi gick mot entrén.

Det gick knappt att komma in, så in i helvete med folk. Än så länge ingen kontaktperson i sikte men vi stod i alla fall inomhus nu.

"Detta är ju ta mig fan inte sant", sa du. "På vilken jävla landsortsteater som helst har det funnits en idiot som liksom försökt ta hand om en, men här kommer ju inte en käft och möter mig, *inte en enda* av alla dessa människor. Kan du fatta?"

Du var tydligen hungrigare än vad jag hade beräknat.

"Jag ska fråga i receptionen där borta", sa jag, "stå kvar här, du kan luta dig mot trappräcket." Men du ville följa med. Du tog täten.

Genom folkhavet trängde vi oss och nådde två upptagna tjejer, en i telefon, den andra i samtal över disk och henne angrep du genast. Du deklarerade rakt ut att:

"Det är jag som är Thora Wall och enligt ett våp som jobbar här ska det finnas två biljetter undanlagda åt mig inför kvällens föreställning!"

Tjejens tidigare kund fanns inte längre, han hade liksom pulvriserats bort av ljudvågen och hon svarade något ställd:

”Ursäkta, ska du se en föreställning här, ikväll? Har du köpt biljetter innan eller?”

”Oj, flicka lilla”, tänkte jag, men insåg att detta kunde bli rätt kul, så länge du inte började slå henne fysiskt.

”Nämen för fan! Jag ska se *Det mest utskällda* här ikväll, och det ska jag göra gratis!?”

Men tjejen förstod inte alls. Det fanns inget som hette *gratis* i hennes sinnevärld och hon kände absolut inte till dig heller. Du höll på att fullständigt explodera:

”Jonas, *vi åker igen*, jag klarar inte av detta, det är ingen jävel som förstår!”

Jag ställde mig nära dig och smekte din kind. Så svettig. Ignorerad och upprörd, det var nästan synd om dig. Jag försökte istället. Förklarade att det skulle finnas två reserverade biljetter till oss inför kvällens föreställning samt att vi väntade på en kontaktperson som hade lovat att möta oss, egentligen redan där ute. Tjejen gjorde då ett ännu mindre lyckat försök till service.

”Men alltså, den här pjäsen ni snackar om, ska den spelas här ikväll eller? För jag vet inte ...”

Du kastade dig fram mot henne och skrek.

”Jag har för FAN skrivit PJÄSHELVETET så jag ska inte behöva betala överhuvudtaget, detta är ju fan inte klokt! Jonas vi åker hem, eller nej ... till en restaurang, jag är hungrig, be att de ringer på en taxi.”

Men som i alla förutsägbara filmer, precis när flickan helt skräckslagen har slagit numret, så viker sig folkmassorna åt sidan och två representanter från Riksteatern kommer fram till oss. En man och en kvinna, aha, *kontaktpersonen.*

De hade trott att vi skulle komma mycket senare, ungefär tio minuter innan, och jag skulle precis säga att vi tvärtom kommit tidigare för att hinna äta något, men *nej, nej nej!*

Istället skäller du ut kontaktpersonen på plats.

Du bombarderar henne med att hon är sen, att här har vi fått åka flera mil ifrån stan och så är det inte en jävel som möter upp som det blivit utlovat. Sen spränger du henne i bitar, när du påpekar att ingen av idioterna i kassan kunde hjälpa till eftersom de inte visste *vem* Thora Wall var. De skulle ha blivit informerade om detta, att det var *du* som skrivit premiärpjäsen ikväll, att det var du som var stjärnan.

Den manlige representanten ber så mycket om ursäkt, likaså kontaktpersonen, som sen påminner om att ”ja … fast nu börjar ju snart pjäsen, så om ni följer med här nu …”

Men du har fått nog.

Återigen kräver du att vi åker tillbaka in till stan och du är nästan helt slut nu. Den manlige representanten kommer då med ett förslag.

”Thora, om du stannar kvar, så *håller* vi pjäsen tills du kommer upp, du kan gå på toaletten eller köpa en macka eller vad du vill, bara du närvarar, *snälla* Thora.”

Du låter tveksam, men kommer fram till att sånt smicker inte biter på dig. *Vi ska fan åka hem!*

Men jag ursäktar oss och representanterna går några meter bort.

Eftersom jag är en lika egocentrisk människa som du kan jag se vad du inte är i stånd till, blockerad av ilska och hunger.

”Kolla här, Thora”, börjar jag, men du vänder bort blicken. Du är satans förbannad.

”Om vi nu stannar kvar, så har du chansen att göra världens entré där uppe, och vi hinner göra allt du behöver innan. Han kommer ju för fan att *annonsera* att du ska komma, ingen i publiken *förväntar* sig att se dig, författarinnan Thora Wall. Dom håller ju hela skiten just för din skull och *alla* kommer att lägga märke till dig, när vi går in. Du kan inte få det bättre än såhär. Inte i Norsborg, Thora.”

Behöver jag säga att jag lyckades övertala dig.

Behöver jag säga att du bara snabbt ville gå på toaletten, att du inte alls var hungrig längre.

När vi stod utanför teaterlokalen kunde vi höra påannonseringen: ”Ursäkta att vi är försenade, men vi är oerhört glada för att kunna säga att självaste författarinnan Thora Wall är hos oss ikväll på premiären! Detta är förstås en överraskning för oss på alla sätt, så välkommen in nu ...!”

Och när vi kommer in ställer sig hela publiken upp och applåderar! Högt och länge också!

Du gnistrar ut i fingerspetsarna, du frigörs från alla dina livets kval och *sprakar* av Thora Wall, en av landets mest älskade författarinnor! Och publiken älskar dig, du vinkar till dina undersåtar och stjäl hänsynslöst hela föreställningen *rakt av*, innan den ens har hunnit börja. Precis som det ska vara.

Själv stretade jag på lite bakom, men ändå. Där var jag.

Tätt bakom dig. Fullastad med käpp, din handväska, den stora väskan med Ramlösa och din tjocka kappa över ena ramen. Mitt ansikte syntes egentligen inte förrän jag satt mig tillrätta. Bredvid dig förstås.

Och du ville hålla hand, sådär lite innan ridån gick upp.

Och nej, du var inte alls hungrig, ”nä, inte alls”.

Men under föreställningen.

Naturligtvis kände jag blickarna i nacken, vi satt ju på första raden, längst ut och alla andra befann sig över oss. Nyfikna människoögon som hänsynslöst slukade min nacke och mina söta små öron. Bara någon enstaka gång vände jag ansiktet mot alla hyenor, för att se om de verkligen inspekterade *mig*, eller om de följde med i pjäsen istället. Och självkart stirrade alla genast blixtsnabbt och onaturligt mot scenen, så fort jag vände mig om. Eller så hängde de faktiskt med i föreställningen, den risken fanns ju också.

Nej, egentligen var det nog själva pjäsen som gjorde mig lite paranoid. Själva handlingen.

En enmansföreställning om en kvinna på över femtio som fortfarande är kåt, speciellt på yngre främmande män och som inte alls skäms över det. Det enda hon skäms över är sin sippa morsa och att hon inte tillåtit sig att känna såhär tidigare. Så mycket skönt sex hon missat när hon var ung, ja det är för jävligt helt enkelt. Skådespelerskan fäktar med armarna, gråter och skäller om vartannat, skriker ut sin kåthet från scenen. Som ett vilddjur, utan hämningar.

Plötsligt känns det jävligt obekvämt att sitta så nära dig. Ju mer skådespelerskan liksom kättjar runt på scen, desto mindre blir lille Jonas.

Och jo! Det är *visst* bara hyenor i publiken, därför att vårt förhållande har förändrats och jag har inte samma självsäkerhet att sätta emot. Jag vänder mig om igen, de stirrar på mig. Blänger som fan för de *tror* saker om oss, saker som sägs på scenen. Inte fan går de på att du skulle ha skruvat igen locket bara sådär, efter 50 års forsande.

För fan, håll käften!

Anteckningar

OM JAG VISSTE ATT JAG SKULLE bli sen, så ringde jag alltid innan.

Bara tanken på att jag eller någon annan *var på väg* kunde i sig lugna din ångest.

Men om vederbörande meddelade ytterligare försening, eller det värsta, ringde och ställde in helt och hållet på grund av förhinder.

Då brast du fullkomligt. Grät obehindrat.

Repeterade hur mycket du blivit sviken som barn, att du *aldrig* kan lita på någon längre och att du hela tiden plågas av samma skäl. Du grät över att du alltid varit såhär och att det är ett rent helvete. Att bli sviken hela jävla tiden och folk fattar inte.

Du hatade att vara du.

Och vissa stunder när du grät.

När du så fullkomligt förkastade dig själv som människa och hotade med att ta en överdos nästa natt … Jag tyckte synd om dig.

I dessa lägen kunde jag krama om, kyssa dig och jaga bort den värsta av ångesten. Den på ytan. Däremot kunde jag antagligen inte förstå, jag led inte av samma handikapp. Bara sympatisera och stanna kvar en tio minuter, fast jag egentligen var tvungen att rusa.

Men när du istället klagade, när du var hätsk och när allt det jag gjorde var *fel*. När du och jag verkligen ogillade varandra, när vi mest liknade två uttjatade jävlar, inlåsta på tvären i din lägenhet, och bara var för lika.

Ändå älskade du mig.

Genom hela denna förvanskning av vårt förhållande, kunde jag alltid känna det.

Jag hörde av andra som berättade. Att ”Thora är ju väldigt fäst vid dig” och att det liksom syntes i luften emellan oss. Trots avsaknaden av all tänkbar humor och elektricitet, så syntes det.

Att du fortfarande *kände* för mig, även i jämförelse med de nya, unga männen som kom varje kväll. Jag fick vara med om skillnaden mellan mig och de andra runt omkring Wall.

Skillnaden mellan mig och Majken.

Kvävning

KLOCKAN VAR VÄL KRING tre och jag satt i ett arbetsrum på en skola.

Jag hade sagt ja till ytterligare vikariat, eftersom jag inte skulle ha seminarier på två dagar.

En jävligt varm, sövande sol sken in i arbetsrummet där jag satt och jag kände tröttheten. Ömheten i kroppen. Ville bara hem. Hem till min etta och slöa på sängen. Kanske hyra en porrfilm, om jag pallade gå förbi videobutiken. Mer social ville jag liksom inte vara, det räckte så. Du hade inte hört av dig. Inga meddelanden på mobilen.

”Konstigt”, tänkte jag.

Eller vänta … *just det*. Du hade ett besök på någon klinik idag och det var Majken som skulle eskortera dig. Eller var det den där nya Monika? Det spelade ingen roll vem, jag kunde ju göra vad jag ville. Dessutom var det en skitbra film på TV senare, jag skulle kunna köpa en pizza och godis. Och så kunde jag besöka dig imorgon istället. Stanna lite längre.

Men på T-banestationen fick jag för mig att ändå besöka dig, bara en kort, *kort* stund. Sådär som vi klarar av, för jag visste hur jävla glad du blev de första fem minuterna i alla fall.

Och så bytte jag riktning mot dig.

Majken öppnade dörren efter två ringsignaler.

”Jag tänkte väl det”, sa hon som hälsning.

”Hej, hej”, sa jag och lät rejält avmätt vilket inte alls var meningen. Jag hade ju förberett en intensiv, jävligt rafflande kvart här. Som en rush genom din våning, som lämnar sensationella spår efter sig, *man vill ha mer*, men när dyker han upp igen?

”Jonas? Hallå?” ropade du.

Rent avsiktligt lät jag både skorna och ryggsäcken vara på och gick direkt in. Det skulle se mer akut ut, som att jag redan var på språng. Jag gav dig en puss på pannan, en kram och satte mig ner i gungstolen.

”Jaha, har ni varit på Sophiahemmet idag eller?” undrade jag.

”Ja, stackars Majken är så trött på mig nu så det finns liksom ingen hejd på det.”

Men Majken, som hade hört din replik inifrån köket, kom genast in och opponerade sig.

”Nej, men Thora, det har jag väl aldrig sagt, det *vet* du.” Sen medgav Majken att ni i och för sig *hade* spenderat mycket tid tillsammans nu, hon hade ju sovit över natten till idag också.

”Men hur går det annars med allt?” frågade du vänligt och tittade på mig.

Och jag sa som det var. Att jag var jävligt trött, att jag hade vikarierat hela dagen och hade saker att göra hemma, men att jag ändå tänkte komma inom och säga hej. Jag sträckte på mig i gungstolen. Gäspade. Kände impulsen av att sticka, när jag snabbt tittade mot Majken, som stod kvar i dörrposten. Vi kallpratar alla tre lite till, sen frågar du mig:

”Har du ätit?”

”Nej … men …”

”Men om *ni* ska äta så kan ju jag gå hem nu”, säger Majken.

”Fast jag tänkte inte stanna”, börjar jag. ”Alltså, jag är inte hungrig … *jag kan inte stanna.*”

”*Du* kan inte stanna?” säger du.

Du riktar ett böjt pekfinger mot mig. Checkar av liksom. Alltså, vilka människor som ska *gå*, och vilka människor som kan *stanna*. Och jag fattar inte varför, jag är ju fan inte ens inbokad.

Jag skulle bara komma hit och säga hej, försöka vara sexig en kvart och sen sticka.

Men du börjar snacka om vilka mediciner du bör ta innan läggdags. Du fegar ur!

Och du gör det sådär lite i periferin, för du känner naturligtvis också av konflikten, stormen som kommer. Varje ord du säger förlänger stubinen, *innan* det är för sent, och jag vet redan. Jag *måste*, NU! Innan allt rasar!

Men Majken hinner före, hon hugger av allting!

"Nej, men då går jag hem och äter nu och så går ni ut på restaurang, sånt där tar ju tid."

"Ja ... alltså ... jo, jag kan väl stanna ett tag."

(Det vill säga hela kvällen, hela natten, *så är det bara* och alla i rummet vet om det).

Jag hör mig själv uttala berövandet av min lediga kväll framför TV:n. Min röst är inte alls svag, tvärtom. Tydlig men torr. Med flit. Så att ni ska höra, så att Majken ska höra.

Du säger ingenting. Läget är uppenbart men du är tyst.

Majken har korrigerat en råddig situation. Rationellt och medvetet. Hon ser inte på mig. Hon bara *gör* och hon har all rätt till det. Ja jävlar vad mycket ledighet hon har att ta ut, jag vet det och du vet det. Men ändå?

"Skulle inte *du* bestämma vem av oss som får gå", tänker jag, "*hörde ni inte att* jag *egentligen hade saker att göra hemma*!" Känslan av att det endast är *jag* i din innersta krets som Majken kan styra såhär blir frustrerande självklar. Hon gör såhär bara med mig, hon *kan* bara göra såhär med mig.

Majken kommer tillbaka från hallen iklädd sin kappa:

"Ja, men då går jag då, så ses vi imorgon Thora, jag kommer vid halv elva."

Och så är hon borta.

Allt var över på mindre än tio minuter.

Majken har lämnat det sjunkande skeppet. Kvar ombord är en

ung, jävligt trött kille som inte alls ville stanna, vars kväll är sabbad som fan, och en äldre, skör kvinna, som inte kan rå för. Dessutom en sprängladdning mellan dem.

Luften kändes trång efteråt. Svårt att andas i samma rum.

Vi sa inget, men vi tänkte likadant. Från olika håll. Båda insåg hur jävla fel allt blivit, Jonas skulle aldrig ha stannat. *Jag* skulle aldrig ha stannat, det var inte meningen.

Om jag bara hade kastat mig ut innan, eller bara ringt på och passerat Majken, gett dig en kyss på kinden och sen lämnat våningen. Ute på tre minuter, det skulle fan ha varit bättre.

Men nu blev det inte så.

Och ingen av oss kunde heller skaka av sig det som hänt. Konflikten kunde inte skakas ner på golvet och sopas under mattan. Ingen av oss kunde heller kasta första stenen och uttala de hemska orden *"Majken borde fan ha stannat"*.

Nej, aldrig! Så mycket som Majken har gjort för dig, ställt upp och haft sig.

Jonas har ju inte alls varit lika generös, i och för sig har han studier att tänka på, men ändå. Att bara titta in sådär, bara när han själv önskar stanna fem minuter? Vad är det?

"Alltså, hur *fan* kan Majken bara dra?" frågar jag till slut.

Utan att förvänta mig ett svar, jag bara måste säga något. Hitta en öppning i den totala irritationen över att bli placerad såhär.

"Vafan frågar hon inte rakt ut för om jag *kan* eller ens *vill* stanna idag! Jag sa ju att jag egentligen var upptagen, eller hur?!"

Du är fortfarande tyst. Jag höjer rösten och börjar nästan skrika att jag *skulle* ha protesterat. "Varför gjorde jag inte det? Varför lät vi henne bara försvinna?"

"Jag var nämligen inte alls inbokad idag, *jag var fan inte ens inbokad!*"

Jag sänker huvudet i mina händer och fortsätter. Stönar något om att *vi, du och jag,* vi ska fan inte gå ut och äta någonstans. ”Nej, vi ska sitta här nu, där hon lämnade oss. Jag kan fan inte gå ut nu, allt är ju förstört nu, fattar du inte det!”

Jag reser mig från gungstolen och sätter mig bredvid dig på sängen. Rör inte dig, men instinktivt närmar jag mig. För att döva det uppslitna såret, men jag kan inte. Min stämma är brutal och saklig:

”Jag tycker att Majken gör fel just nu, speciellt mot dig, Thora. Hon liksom skapar en stämning där … där ingen *vill* stanna kvar hos dig. *Fattar du inte,* det är ju så det måste kännas för dig. Majken sticker och jag vill inte heller men blir tvungen bara för att den fittan *placerar* mig här utan att ens fråga. Fan också! Och du själv blir bara ett satans brinnande klot som ingen jävel vill hålla i!”

”Känns det inte så för dig, Thora?” undrar jag.

Du börjar gråta.

Du sitter bredvid mig och gråter, men. *Där borta* gråter du. Du är inte närvarande längre.

Du är distanserad, jag har distanserat oss med mina ord. Med mitt kroppsspråk och stenansikte. Genast omfamnar jag dig, jag kramar om. Men jag kan inte nå dig.

Du är borta i gråten. Borta någonstans där du är önskad. Där någon tycker om dig. Där ingen skriker att han inte vill, inte vill ha ditt sällskap längre.

Så känner jag. Att du känner att jag inte tycker om dig.

Och jag försöker rädda barnet som jag övergav, det som ingen ville ha. Hela din gestalt visar hur förskjuten du känner dig och så den hopplöst öppna gråten, som redan har spruckit. Okontrollerad.

Mjukt trycker jag mina armar om dig, lutar mitt huvud mot din axel.

Du kippar efter andan, söker en servett med dina våta händer, kartongen ligger bakom mig, på sängen. Jag ger dig servetten, och *där*.

Dina rädda ögon vågar se på mig, vågar tala om det du inte orkar säga, men jag avbryter. Jag torkar ditt ansikte, kysser dig och lägger min kind mot din.

”Men är det inte så det känns?” säger jag stilla och du nickar.

”Tro aldrig att jag inte tycker om dig, Thora, att jag inte älskar dig för just den du är.”

”Nej, men jag vet att du älskar mig, *det vet jag*”, säger du, precis som ett barn.

Och vi stirrar båda ner på mattan.

Den där som ligger vid din säng, som Majken köpte för att du inte ska slå dig, ifall du skulle råka ramla ur. Rakt igenom mattan ser vi och tänker åt olika håll. Vad vi ska säga senare, om vi ens måste tala med varandra mer ikväll. Tystnaden som leder oss är utan anspänning, en välsignelse. En plats där vi andas. Svalkande och nytt. Och det är så skönt att bara stirra på den där mattan en stund.

Sen tog vi oss ut till köket. Du hade tagit på dig en morgonrock eftersom du frös. Antagligen för att du hade gråtit, menade du. Vi hade bestämt oss för att se om det fanns något ätbart hemma och jag öppnade kylskåpsdörren:

”Jaha … här finns ägg, några mackor, lite skinka, någon sallad, från igår eller? … eh … potatis.”

”Ja, salladen är från igår, nej förrgår tror jag, hur många mannafrutti finns det?”

”En, två, tre … ja det finns ju fem stycken. Faktiskt.”

”Finns det tillräckligt med ägg? Kan du inte göra en stor omelett med lite skinka i, åt oss båda? Det är ju du så bra på.”

Och jag gör den där omeletten som jag är så bra på, med skinka i.

Och vi tar mannafruttin till efterrätt. Den med jordgubbssylt.

”Jag ska fan ringa upp Majken och snacka om det här, berätta exakt hur jag känner”, säger jag medan vi äter.

”Ja, gör det.”

Men du låter så väldigt medhållande. Jag förvånas lite. Lägger märke till din koncentration, nästan frånvaro, när du skrapar med skeden i mannafruttibehållaren. Fast det är klart. Det är lättare för dig att välja sida nu, när faran är över och har gått ut genom dörren. Men inte vet jag vad du kommer att säga till Majken imorgon. ”Antagligen undviker du bara händelsen”, tänker jag.

Jag går fram till diskbänken. Slänger ner min sked i diskhon, sätter på vatten och slänger behållaren i soporna. Jag höjer rösten eftersom vattnet låter från kranen.

”Egentligen är jag fortfarande jävligt förbannad, faktiskt, men antagligen går det över.”

Men du hör inget. Jag stänger av vattnet och vänder mig om. Lutar mig.

Du stannar upp i ditt liv och ser på mig. Lite förundrat. ”Varför stängde han av vattnet?” ser det ut som. ”Vad händer härnäst?”

”Men du vet om att jag måste gå tidigt imorgon, jag har lektion redan klockan 8.10. Men det är väl ok, va?”

”Ja, det är ok. Jag kan sova tills hemtjänsten kommer.”

Vi är båda helt slutkörda. Mörkret har fallit för evigheter sen.

Efter att ha pratat om helt andra saker har det plötsligt blivit senare än vad vi trodde.

Jag hjälper dig in till badrummet, tandborstningen kallar. Jag ser på dig där du sitter på din lilla pall och borstar, ihärdigt men sådär uttråkat noga. Du är lugn, eftersom Jonas sover över. Ikväll behövs inga övertygelser om detta, *du är säker*. Alltså är du lugn och tillfreds, fast nästan inte närvarande.

”Kanske orkar du egentligen inte med sånt här jävla ståhej”, tänker jag från mitt avstånd.

Du ville bara veta vem av oss som skulle stanna, men annat tjafs kom i vägen. Du måste ju ändå pussla ihop någon till varje natt. Läget är så nu, har varit så länge och är orubbligt. Ett behov som börjar ta över ditt liv. Pusslandet.

Jag funderar över Jonas *egentliga* värde. Naturligtvis är jag mer värd nu eftersom jag faktiskt stannade, men jag har reducerats. Även när jag ger dig en handduk och du säger ”tack Älsklings-Jonas” så har jag reducerats.

När du är helt klar och nedbäddad i sängen ger jag dig en godnattpuss. Jag drar ner madrassen från det höga skåpet och bär ut den i vardagsrummet. Och så återvänder jag för att hämta lakan och kuddar. Innan jag lämnar dig stannar jag i dörröppningen:

”Men du vet väl, jag menar, om jag har förberett mig på att stanna, *så är det inga problem*. Då gör jag det gärna om det hjälper dig, det vet du.”

”Jo, det vet jag”, säger du.

Jag går in till vardagsrummet men skiter i att bädda. Lägger mig direkt på madrassen istället.

Julafton

JULEN ÅR 2004 NÄRMADE SIG.

Jag kom hem till dig en vinterljus förmiddag.

Du hade ringt på mig, ångesten hade brutit sig loss, men den här gången fanns det en klar anledning. Så fort jag fått av mig skorna ledde du mig in till vardagsrummet och pekade på en stol. Själv satte du dig i din stora fåtölj.

”Vill du ha te?”

”Nej, det är bra.”

Du sa att det blivit så jävla kallt i din våning, speciellt i vardagsrummet. Du trodde att det berodde på att det saknades gardiner.

”Tänk, jag har *aldrig* haft gardiner, det hade jag inte i min förra våning heller, på Bellmansgatan. Fast där var det inte lika kallt, men den låg ju så högt upp.”

”Vad är det som har hänt?” undrade jag.

Din yngste son hade ringt upp och meddelat att han och flickorna inte kunde komma förbi på julafton som förra julen. Du skulle alltså inte få se ett smack av din familj under högtiden, för de andra sönerna kunde inte heller hälsa på.

”Så jag blir tydligen ensam med en tråkig ung flicka på julaftonen, någon jävel som jag kanske inte alls känner.”

Och Majken?

Ja *Majken* skulle spendera helgen hos släktingar någon annanstans i Stockholm, men hon hade lovat att bjuda hem dig i mellandagarna istället. I och för sig skulle hon titta upp tidigt på julaftons morgon, innan hon åkte iväg.

”Är inte det bra då?” sa jag (medan jag tänkte; nej aldrig i livet. Jag vill *inte* att du firar jul hemma hos oss, så är det bara).

”Jo”, sa du, ”men … *det blir liksom ingen jul* … jag menar, att Majken kommer in här tio minuter på morgonen och sen måste gå.”

”Nej, Thora”, tänkte jag, medan du fortsatte att beklaga dig. ”Jag vill ändå inte att du kommer till oss på julafton och jag vill absolut inte att du träffar mina föräldrar. Det har aldrig funnits någon anledning till det och speciellt inte nu heller.”

Men jag kunde inte säga det rakt ut. Inte säga att du *inte* var välkommen hem till mig och min familj på julafton.

”Ja …”, började jag, ”jag skulle ju kunna fråga mina föräldrar om …”

”Ja, precis, skulle du det …?”

Du replikerade snabbt. Sådär smidigt försiktigt. Med ett pekfinger vid din haka och en avvaktande blick gjorde du situationen obehagligt konkret. Du väntade ut mig. Du ville ha ytterligare en mening som liksom förankrade inbjudan, det var det enda du behövde just nu.

Och att jag egentligen inte alls ville, att jag ogillade idén, det var ju redan uppfattat och etablerat. Genom den där tystnaden som *inte* skulle uppstå, men som nu stod på egna ben, helt synlig mitt emellan oss.

”Nämen ok, jag ska fråga mina föräldrar.”

I helvete heller att jag tänker fråga om det, tänkte jag på bussen hem.

Du hade aldrig träffat någon av mina föräldrar och så skulle det förbli. Er enda kontakt hade varit korta, artiga fraser per telefon, när jag fortfarande bodde hemma, och det var allt. Och det räckte.

"Så jag menar, jag fattar faktiskt inte varför hon vill fira jul med er egentligen?" försökte jag vid nästa söndagsmiddag.

"Ja, därför att hon inte har någon annan att fira med", sa mamma. "Jag kanske inte gillar henne som person, men om du är hennes vän och hon sitter ensam på julafton ... eller vad säger du, älskling?"

"Ja", kom det från pappa, som lade sina fingrar omlott. "Det låter väl rimligt."

Genast ångrade jag att jag överhuvudtaget hade frågat. Fan också!

Majken däremot upplevde en julafton i förväg, bara genom att slippa känna sig skyldig för *att inte,* och nyheten spred sig om att du hade blivit hembjuden till Jonas.

Alla hyllade min vänlighet, men själv förkastade jag hela idén.

Det enda bra med den här skitöverenskommelsen var att jag ansåg mig rejält befriad från att vakta dig på ett tag. Ingen skulle kunna försiktigt be mig, eller ens *antyda* att jag borde övernatta under veckan som återstod till julafton. Och inga skuldkänslor behövde jag känna heller.

Ändå kom jag förbi dig ytterligare ett par gånger den veckan. Det kändes bäst så.

Vi tittade igenom nästan alla dina teckningar en kväll, allt det som var kvar från utställningen plus en massa andra skisser. Du ville nämligen ge bort några verk till mina föräldrar, som tack för att de tog emot dig på julafton.

Efter en ingående konsultation om vilka teckningar mina föräldrar kunde tänkas uppskatta, kunde jag plocka ut några som jag trodde på. Sen kunde vi bedöma dem igen, kanske ta bort en som föll utanför mönstret sådär, *kanske* byta ut och så vidare. Och vi kunde ha hållit på hela natten, eftersom: *Att få komma hem till oss på julafton var obeskrivligt för dig.* Människor som välkomnade dig, människor som tog sig tid. Du hade aldrig fått en så fin inbjudan förut. Dessutom lät du inte mitt beteende ta glädjen ifrån dig. När jag kom hem till dig, liksom distanserat sur, och ibland försökte jag inte ens dölja det.

Det förväntades att jag skulle glömma bort att vi inofficiellt hade tröttnat på varandra, att Jonas för länge sen hade blivit grå och inte ville längre, men att hela Thora Wall-tåget bara fortsätter och störtar fram i 350 km/h.

Och till slut kände jag mig tvingad att sätta ord på mina känslor.

Säga att jag *inte* ville att du och mamma skulle bli bekanta, att jag aldrig hade velat det heller, och att samma sak gällde min pappa. Sen skulle jag säga att jag kommer att motarbeta kommande möten mellan er *stenhårt*, bara för att hålla familjen utanför.

En poäng i sammanhanget var att du hade visat förståelse inför denna strategi tidigare. Du kände ju till spelreglerna här. Om du tar kontakt med modern till en ung man i ditt liv, så lämnar han dig redan samma kväll. *Så är det bara.* Alltså måste ditt och mannens förhållande distanseras så jävla långt bort ifrån allting annat.

Men jag hann inte säga något alls, förrän du passerade den där känsliga gränsen ytterligare en gång, två dagar före julafton. Du ringde upp mina föräldrar, och skälet var det allra simplaste. Du önskade bara tacka för inbjudan, tacka för gästvänligheten och fråga när det gick bra att komma.

I ren skräck erkände du ditt ”brott” för mig under ett telefonsamtal och jag blev så satans arg att jag smällde ner luren direkt, rakt av. *Jag hade bjudit in dig*, det var *min* inbjudan och jag hade redan klargjort allt med mina föräldrar. Alltså existerade ingen som helst jävla anledning för dig att ringa till dem över mitt huvud.

Du blev vettskrämd över min plötsliga ilska, men det spelade ingen jävla roll!

Jag ansåg mig fortfarande ha all rätt att känna mig kränkt! Jag hade ju dessutom blivit *tvingad* in i hela situationen, en situation som du välplanerat hade forcerat fram. Hur fan skulle jag ha kunnat neka dig att komma?

”Jag är ledsen att jag har betett mig så … jävla irriterat.”

Jag satt hemma hos dig vid köksbordet kvällen därpå.

Majken var där och hade lagat mat, det skulle räcka till oss alla tre hade hon sagt. Hon lade upp av köttbullarna och moset. Ställde fram en sallad.

”Och nu när jag tänker på det, jag har faktiskt aldrig sagt att *jag* kommer att bli glad för att du kommer till oss, eller ja … *att det ska bli kul.* Jag har aldrig sagt det förut, jag vet det.”

”Nej” … sa du försiktigt och hällde upp ett glas mjölk.

Ironiskt nog sa jag inget om att det skulle bli så jävla kul den kvällen heller, istället tog jag flest köttbullar av alla utan att tveka en sekund och du såg ogillande på.

Jag tyckte att jag var värd det. Däremot, som ett mer aktivt utslag av dåligt samvete, förlängde jag din stund hos oss. Du och mamma hade sagt runt klockan två, och jag undrade vad fan du skulle göra fram till dess, ensam i våningen. Du hade tagit livet av dig innan tolv.

Alltså rev jag helt sonika upp den överenskommelsen, sa klockan elva istället. Och sen kunde du få stanna så länge du ville.

”*Men* … är det verkligen sant”, sa du på andra sidan köksbordet. Förvånad över min plötsliga generositet. Pang! Bara sådär!

Samtalet fortsatte och utan att säga det rakt ut, utan att verka plump, ville jag förtydliga *varför* min familj skulle ta hand om dig på julafton. Därför att vi alla tycker att en gammal dam inte ska behöva sitta ensam. Och just *en gammal dam* också.

Min poäng var nämligen att åberopa alla dina psykiska och fysiska behov och ta bort allt som hette *Madame Wall* inför julafton. Jag ville skruva åt korken på henne, hon som vet hur man erotiserar och liksom lutar sig sexigt i trappan. Kvar skulle bara bli Thora.

Ensam, övergiven och med käpp. Det skulle se mycket bättre ut inför mina föräldrar.

Pappa kom ut och mötte oss när bilen svängde upp.

Utan att du alls var förberedd på honom, precis som du vill ha det.

Han stod där och väntade med händerna i fickorna, medan du betalade taxichauffören.

Han som du förstått var en väldigt bildad, respektingivande man, som aldrig hade uttalat den minsta önskan om att vilja läsa något av Thora Wall.

Och så du, en gammal författarinna som hyllat den sanna, rena kåtheten och som dessutom hade inlett ett förhållande med hans son. Jodå, jag kände av din nervositet, din liksom skräckblandade förtjusning över att få träffa honom. Se om du skulle kunna charmera och tämja vilddjuret.

Men aldrig hade jag kunnat föreställa mig följande.

Hur ni satt mittemot varandra vid soffbordet i vardagsrummet och talade ingående om någon gammal död kommunistförfattare som du träffat på 60-talet. Jodå, pappa kände också till honom och då var ni alltså två, tänkte jag utråkat. Jag lämnade er och gick ut i köket. Möjligen hade mamma ställt fram chips man kunde börja käka av, jag började bli hungrig.

”Det går ju riktigt bra mellan dom två”, sa mamma glatt.

”Ja, så länge dom snackar om den där döda kommunisten”, sa jag lite sarkastiskt. När jag kom ut i vardagsrummet igen hade pappa försvunnit ner i källaren. Han hade ju för fan en bok av kommunisten någonstans, om han inte mindes fel.

Du satt förväntansfullt kvar i en av våra blågröna fåtöljer. Detta var mycket mer än du någonsin kunnat begära, jag menar, tänk att *ytterligare* en person kände till … Och så pappas otvetydiga, absoluta intresse också. Det kunde ju aldrig falla dig in att även *pappa* var lika lättad som du över att ni så snabbt hittat er kanske *enda* gemensamma nämnare.

Förutom jag då.

Resten av familjen slog sig också ner vid soffbordet.

Min syster behandlade dig neutralt eftersom hon inte visste något om dig, mer än att du var en känd författarinna, vilket inte alls störde henne. Ni utbytte några fraser om London, du visste ju att hon tillbringar långa perioder där på grund av pojkvännen. Mamma hällde upp Ramlösa till dig (den du själv packat ner för säkerhets skull) och undrade stillsamt vart pappa nu tagit vägen?

Stämningen var trevlig, samtidigt lite förberedande kan man säga. Avvaktande.

Hitintills hade isen liksom brutits av sig själv, utan hjälp, men under riktade konversationer. Parterna visste saker om varandra, vilka man alltså smidigt använde för att kunna umgås.

Jag kände en tjugoprocentig halt av spänning i luften och satt lite obekvämt. Inväntade pappa, istället för att börja medla. ”Hoppas han hittar den där jävla boken”, tänkte jag, och vips! Likt ett yrväder kom pappa upp igen, *han hade hittat boken*!

”Det är han va?” sa han triumferande och visade dig en bild från omslaget.

”Ja precis!” Och du berättade snabbt om hur du hade träffat kommunisten första gången på Medborgarplatsens bibliotek, och en kvart senare hade ni knullat på Hotell Malmen strax bredvid.

Där sprack isen fullständigt och vi gick till bords.

Sådär mellan maträtterna, när vi tagit ut alla stora tallrikar och hämtat andan några minuter. Innan grädden till ris à la maltan skulle vispas. Precis då säger du:

”Ja, jag måste verkligen få tacka, jag har inte varit på ett såhär fint julkalas … ja, sen jag var fem år tror jag …”

Och mina föräldrar blir för ögonblicket stumma.

De vet inte riktigt hur de ska besvara känslan av genuin tacksamhet som du har överlämnat. Liksom ställt mitt på bordet. Det är en gåva.

”Jag är glad för att du trivs hos oss”, säger mamma och hennes ordval är neutralt och värdinnemässigt. Men hennes röst avslöjar en, även för mig, oväntad respekt samt förståelse för dig och ditt liv. Och det går rakt in i dig, jag ser det.

Jag ser hur du blir den där bräckliga Thora, precis som jag önskat, men nästan så skör att du går sönder. Jag sträcker över min hand och rör vid din. Dina fingrar nästan skakar, hela din gestalt verkar rubbad ur kontroll och jag störs inte alls av att mina föräldrar har berört dig så.

Nej tvärtom, hela bältet av tankar runt min hjärna om att ni aldrig ska träffas, att ni aldrig ska tala med varandra, liksom tas av och kastas bort. Jag känner hur anspänningarna försvinner.

Känner så jävla mycket för dig, där på andra sidan bordet och i nästa sekund gifter sig Thora Wall med Jonas och chansen *är* att det kan hålla i all oändlighet.

Chansen *är* att du och jag kan leva i oändlighet på en strand i Guadeloupe, där det ligger tusentals uppsköljda musslor och vi skyndar oss att bända upp så många vi hinner. Likt pärlor ligger små sekunder, en i varje mussla, sekunder när vi älskar varandra, sekunder när mina föräldrar aldrig ifrågasätter, när min syster omfamnar oss …

Och vi lever lyckliga där i hela fem dagar. På sjätte dagen slår vi ihjäl varandra.

En sån jävla befrielse, tycker båda. För det skulle aldrig ha gått.

Men under julklappsutdelningen ändrades inställningarna.

Tyvärr hade mamma gjort sig till och köpt en julklapp till dig också, trots att jag hade varnat henne för detta. Sagt att du aldrig blir speciellt glad, att du inte uppskattar oväntade saker och att det är mamma själv som kommer att förlora på det.

"Och jag har ju för fan redan köpt två skivor till henne, *som hon dessutom vill ha*", protesterade jag innan ute i köket, med stängd dörr. Jag förstod inte varför mamma skulle utsätta sig för risken. *Därför att ingen ska sitta utan julklapp på julafton,* blev svaret.

Så tragiskt, för jag hade ju definitivt rätt angående din reaktion.

Du öppnade ganska raskt, rev sönder pappret och sa:

"Jaa, nämen titta … så roligt."

Och din falskhet var ungefär i samma klass som Meg Westergrens på radiofesten.

Julklappen var en samling krönikor av en relativt okänd författare som mamma hade köpt någonstans på rea. Men ändå.

Du kände inte till författaren och såg direkt tämligen oengagerad ut bakom ditt belåtna ansikte. Försökte förstås värja dig mot antiklimaxen över att få något du inte bett om, men jag kände genast igen. Ångrade som fan att jag inte sagt till mamma på skarpen.

"Fattar du inte, hon *skiter ju i det*, det är ju en jävla princip i hennes liv!"

Därför att du är typen som *ger*.

Även om du är ett barn som bara vill ha, vill ha, vill ha, så har du lärt dig längs livet.

Det just du vill ha, får du genom att ge.

Sprit till alkoholiserade älskare, en dator till Jonas, en nätt men oförglömlig teckning till en vän, levererad och signerad av Thora Wall och så vidare.

Jag vet vad det är du får, för jag är likadan. Känslan av att ha åstadkommit det där unika intrycket på människor, *känslan av att man stjäl hela föreställningen med det man ger …*

Gåvan måste dock vara noga planerad, men det är också enda problemet.

Däremot, när folk vill ge till oss, *att ge till människor som oss,* är en fruktansvärd omöjlighet.

Även vid detta tillfälle, hemma hos oss denna julafton, skulle du bli ihågkommen och göra intryck. Ja, utan tvekan, du var ju Thora Wall.

Pappa fick äran att öppna den vackert inslagna mappen med teckningarna. Du berättade att det var Majken som hade slagit in den och arbetet var förstås oklanderligt utfört.

”Å Jesu tid”, strålade mamma, när första verket kunde skymtas. Hon tog den varsamt i sina händer. Bilden föreställde en kvinna med en väska och var ett originalomslag till en av dina böcker, *Ensam dam kommer hem,* från 1975. Och det låg *ytterligare* en version av omslaget undertill.

”Jaha, minsann!” sa pappa imponerat.

Men det fanns mera.

En slags målning av en lite orolig kvinna med blont hår, samt en typiskt Wallsk modeteckning. Sådär snabb, elegant och enkelt detaljerad. Just den hade mamma sett på en utställning du hade haft för många år sen, men inte haft råd att köpa just då. Och så *fick* hon den nu, av dig *personligen*!

”Ja”, som pappa sa och skrattade, ”det är ju inte varje dag detta händer!”

Han tittade mot dig och nickade lite stelt och bortkommet som tack igen.

Och sällan har jag sett dig så oförfalskad, så annorlunda. *Du var inte Thora Wall längre,* den där snabba repliken som fångar in bytet och sen med nöje låter sig besegras, nej inte alls.

Det existerade ingen kvickhet eller attityd i ditt sätt, antagligen för att du blev så häpen av mina föräldrars varma mottagande.

Du stal hela föreställningen återigen javisst, men det som du vann den här gången var nytt och främmande för dig. Det syntes. Mina föräldrars tacksamhet gentemot dig.

De skulle ju aldrig ha begärt något för att de bjudit hem dig … Och så får de *originalteckningar*, av en så erkänd konstnärinna. Du kunde se deras totala förvåning, deras genuina glädje över att du givit dem något så unikt och personligt. Så oväntat!

Lika oväntat som att du senare krävde tillbaka alltihop.

Nödutgång

YTTERLIGARE EN MÅNAD passerade och ingenting förändrades.

Majken slets mellan sin fläckfria lojalitet gentemot dig, och att hon egentligen inte orkade.

Jag fortsatte att ljuga och när jag kände mig tvungen att ändå komma över, plågades jag ibland av tristessen, eller så ville jag bara gå hem.

Och så du.

Du som hela tiden måste ha känt av hur alla andra inte ville, men som aldrig hade något val. Din ångest *krävde* av dig. Situationen stramades åt ytterligare.

Och i detta läge ber jag dig om pengar.

När det är som absolut *svårast* för mig att verka levande.

När jag inte alls kunde få dig att skratta längre, och därför var det egentligen fel av mig.

Skrattet hade ju varit ett sätt att återgälda, men det där var en funktion som hade gått sönder sedan jävligt länge. Omöjlig att reparera.

Jag hade slarvat och låg efter med räkningar, men jag ville inte gå till mina föräldrar igen.

Du var den enda jag kände med god ekonomi, alltså bad jag om ett lån på 2 500 kr.

Men det skulle dröja innan du gav med dig, och varje gång jag hintade om lånet ifrågasatte du mina föräldrars ekonomi. De tjänade ju så bra, varför kunde inte de hjälpa mig?

Om det nu var en sån jävla nöd, som Jonas själv uttryckte det.

Felet vara bara att det inte var en nödsituation. Jag tyckte inte det.

I så fall hade jag gått till mina föräldrar direkt och de hade givetvis löst ut mig lika snabbt.

Så varför ville jag att just *du* prompt skulle låna ut till mig?

Antagligen för att jag såg mina chanser att kunna slippa betala tillbaka, jo, så var det.

Min intention var dock aldrig att lura dig, ”men om jag bara beter mig ljuvligt, om jag bara är ÄlsklingsJonas och stannar en heldag, det *skulle kunna* fungera”, tänkte jag.

Alltså började jag kyssa dig, jag började säga ”Lilla Du” så fort vi sågs och plötsligt kunde vi ligga på sängen igen om du ville, sådär som vi brukade?

Men du ville inte.

Du måste ha känt att det liksom var *meningen* att Thora skulle betala skiten och kanske aldrig få tillbaka, och därav den tydliga distanseringen från din sida.

Plötsligt milsavstånd i vardagen.

Hade jag bett om samma summa i början av förhållandet, hade jag fått det dubbla, samma dag i kontanter. Men inte nu längre. Du älskade mig inte på samma sätt längre, även om du aldrig vågade säga det rakt ut. Jag vågade inte heller säga det rakt ut, *att du inte älskade mig*. Ville inte riskera lånet, och mina odds var dåliga nog som det var.

Jag hade ingen humor längre, dessutom hade jag blivit ful.

Men jag behövde inte tjata länge till.

Lena, som blivit informerad om att *Jonas nu ville ha pengar*, föreslog att jag istället kunde sitta ångestvakt lite extra, så länge studierna tillät förstås. Du tyckte förstås att förslaget lät utmärkt och detta passade väl mig också? Ja, sisådär, egentligen inte alls.

Faktiskt inte ett jävla dugg.

Det skulle *aldrig* ha varit min idé, dels för att jag visste att jag skulle bli tvungen att offra en helg (eftersom dessa kvällar ofta var tomma på inbokningar), dels för att jag då skulle ta betalt för att ångestvakta, vilket bjöd mig emot.

Men vad fan skulle jag säga? Ville jag ha pengarna eller inte?

Alltså slutade det med att jag sov över nästkommande helg.

På fredagskvällen såg jag ut genom ditt fönster från vardagsrummet medan du var på toaletten. Såg ner på gatan, där kvällen tog fart med folk som skrek och drack utanför pubarna. Du råkade se mig när du kom in, det var inte meningen.

”Är du säker på att det är ok att du vaktar mig? Du behöver inte, jag kan nog få tag på en flicka som kan komma över ...”

Jag vände mig om fort och hjälpte dig fram sista biten till fåtöljen.

”Nej, fan. Nu gör vi det här, det är ändå för sent att hitta någon nu, klockan är ju över nio.”

”*Nej, men det finns*”, sa du med en fejkad säkerhet i tonen.

För även du kände mycket väl till den totala omöjligheten i att hitta en människa på en fredagskväll som hellre vaktade dig än att vara ute och supa och knulla. Speciellt om man ringde *nu* och avbröt någon.

Och jag var så duktig som gav av min lediga tid som kåt, ung man, det hade du påpekat vid liknande tillfällen. Att jag förstås borde vara ute och ragga, inte sitta här och vakta en gammal kärring. Att det var synd om mig.

Men egentligen tror jag du menade det motsatta. *Så bra* att Jonas vaktade en gammal kärring, för då kunde han ju inte vara ute och knulla.

Vid läggdags satt jag kvar en stund på din säng.

Du låg där, nerbäddad och orolig för att varje minut av ångestvaktande plågade mig till döds. Rädslan i din blick, ”tänk om Jonas försvinner när jag somnat och inte finns kvar på morgonen …”

”Jag stannar Thora, *det vet du*”, sa jag efter att ha läst av ditt ansikte. ”Har jag någonsin lämnat dig helt ensam?”

”Nä”, sa du.

”Nä, just det. Bra.”

Barnet hade blivit tillsagt en gång och det borde räcka.

”Men man vet ju inte”, började du igen. ”Du kanske blir sådär rasande kåt och bara rusar ut och aldrig kommer tillbaks.” Du flinade till.

”Ja …”, sa jag. ”Jag får se hur jag gör när jag blir sådär rasande kåt.”

Morgonljuset infann sig fan så tidigt i ditt vardagsrum.

Jag låg klarvaken på madrassen i tre timmar, utan att kunna sova. Vid åtta hörde jag att du pratade i telefon. Jag kunde höra vad du sa, jag behövde inte tjuvlyssna:

”Nej, han var så lugn hela kvällen, jadå.”

”Majken”, tänkte jag för mig själv.

När du lagt på kom jag in till dig. Ville bara påminna om pengarna och så:

”Du, då är det ok att du betalar mig redan idag eller? Alltså, jag stannar ju i natt också …”

”Vadå? *Javisst*, du menar att det ska finnas pengar i lägenheten så att säga.”

Du lät så försäkrande om detta, att Jonas naturligtvis skulle få pengar för denna jävligt trista helg hemma hos Thora, *ja, absolut*, vare sig han begärt det eller inte.

Sen ledde jag ner dig till posten och du tog ut hela summan. Mer än så, det dubbla faktiskt, ”det kunde ju vara bra med extra resurser, utifall att”, som du sa.

Och plötsligt framstod dina behov som ytterst viktiga att ta hänsyn till. Hade du velat stanna till vid ett konditori på hemvägen för frukost så hade jag inte sagt emot, även om jag helst bara ville få allting avklarat innan det var för sent. Innan den här jävla speeden jag befann mig i skulle försvinna, innan jag började ångra mig.

En halvtimme senare var vi hemma och du satt vid köksbordet. Du skulle göra en ansats till att börja äta frukost, men det tog emot.

”Jag tror det är bäst om jag skriver en lapp till din revisor och fäster vid postkvittot”, sa jag eftertänksamt. ”Så att hon ser vad jag har gjort liksom. Ifall hon skulle undra över uttaget.”

”Ja, det är bra, hon ska komma förbi imorgon, det är bra”, sa du. Din röst lät som om jag hade stört dig och du bad mig ta fram mjölk och ost från kylen istället. Filen med müsli lockade inte alls längre.

Lördagskvällen tillbringades mest med att se på TV, det fanns liksom ingenting annat att göra.

Eller snarare.

Jag kände inte för att läsa ur dina diktsamlingar och höra dig säga hur bra just *den* och *den* dikten är, och jag kände inte för att se på dina teckningar eller att ta fram vattenfärger och börja måla själv. Däremot kunde jag återigen höra skränandet från pubarna utanför, men den här gången gick jag inte fram till fönstret.

Vid läggdags spenderade vi tid i olika rum. Jag befann mig i ditt bibliotek och rotade efter foton som du hade sagt skulle finnas därinne, medan du genomförde trista rutiner inför natten. Och jag hittade en del riktigt jävla bra fotografier på dig och samlade alla på ditt skrivbord. Alla som jag ville fråga om jag kunde …

”JONAS! … JONAS du måste komma fort!”

Jag hörde ropet först efter flera sekunder. Först svagt … Sen *smärtsamt* tydligt och så chocken.

Genast släppte jag allt och rusade igenom lägenheten in till dig. Du hade fallit framåt, nästan vid sängen och låg utspilld på mattan. Ett hopplöst läge för dig, och så jävla lätt hänt. Jag hjälpte dig upp i sängen igen och frågade med skarp, orolig röst:

”*Är du helt säker på att du inte har brutit något?* Jag ska inte kalla på någon?”

Nej, du var säker. Du hade bara ont i ena knäet, det var tydligen hela åkomman.

Dramatiken var över och jag bäddade ner dig.

Sen hämtade jag säkert tjugofem bilder som jag rivit fram och du reste dig halvt upp i sängen när jag kom tillbaka. Jag drog fram en stol sådär intill och tillsammans skärskådade vi varje fotografi. Vi bedömde grundligt och du berättade energiskt om när det tagits. Och vi hade faktiskt rätt kul den kvällen.

Nästa morgon vaknar jag redan halv sju. Jag ligger och tänker på att vi var tillsammans igår kväll … Inte alls med samma laddning som i början, men ändå sådär, *oväntat*. Och samvetskvalen lägger sig som ett hölje över mig, jag kan omöjligt somna om igen.

Eller är det för att jag har sett din maktlöshet, när du hade fallit och bara låg där?

Likt en sköldpadda på rygg som aldrig kan vända på sig utan hjälp och den rör sina lemmar allt långsammare. Sköldpaddan orkar snart inte mer, det är förnedrande, precis som för dig när jag fann dig. Du låg med kinden tryckt mot mattan, helt försvarslös, jag hade kunnat råna dig på allt, bara lämnat dig där …

Själva tanken bränner så fruktansvärt jävla otäckt, jag måste ta djupa andetag för att begrava den, och *aldrig* att jag skulle behandla dig sådär satans illa. *Aldrig!*

Jag går in till dig, jag måste liksom få se att du mår bra.

Du sover inte heller utan ligger vaken och stirrar upp i taket.

”Herregud, du ser alldeles *vansinnigt* ung ut i den där T-shirten och med dom där trötta ögonen”, utbrister du när jag kommer in.

”Jaha”, säger jag i en gäspning och sätter mig närmare dig på sängen.

”Du, Thora … jag behöver inte ha så mycket pengar för dom här nätterna, så du får tillbaka lite. Jag tror att två tusen räcker.”

”Ok”, säger du, och ser på mig.

Tisdagen efter helgen ringde du upp.

Konstigt nog undrade du över pengarna som jag givit tillbaka. Behövde jag verkligen inte dem också? De var ju ändå mina ansåg du, jag hade ju gjort skäl för dem, så att säga.

Och jag tänkte mig för innan jag svarade. Tänkte att jag egentligen inte alls *behövde* och att ingen *någonsin* skulle kunna anklaga mig för att ha behandlat dig orättvist om jag … Men vafan, Jonas!

”Ja … ok, Thora. Om du verkligen tycker att det känns rätt så … Jag kommer förbi imorgon.”

Hemma hos dig öppnades dörren av Lisa, en ung flicka med gyllengult hår, och jag kände igen henne sen tidigare.

”Thora, Jonas har kommit nu”, ropade hon, innan hon kvickt försvann ut i köket igen för att inte störa oss. Jag tog av mig skorna, hängde av ryggsäcken på en stol och gick in.

Du satt i sängkammaren.

Men nu finns det plötsligt inga pengar till Jonas längre.

Du ger mig en misstänksam, registrerande blick som jag aldrig tidigare har sett.

”Min revisor måste ha flyttat på dem”, säger du iskallt. ”Jag vet faktiskt inte alls var pengarna finns.” Och du fortsätter nu när fältet ändå är uppslitet för strid:

”De där teckningarna som dina föräldrar fick i julas måste jag ha tillbaks.”

”Vadå, vad menar du?”

Jag står liksom helt perplex av det du nyss sagt, jag fattar ingenting:

”Menar du teckningarna som mina föräldrar fick av dig i julklapp, som tack för att de tog emot dig … *ska du ha tillbaka dom?*”

”Ja, de ska vara med på en utställning om mig, och jag har sagt att de kan ta dem också. Jag vill att du tar hit dem till nästa fredag.”

Och bara tanken på vad mina föräldrar skulle tycka om dig. Att de skulle känna sig lurade, när de hade varit så vänliga mot dig den kvällen.

”Fattar du hur jävla lågt du sjunker i mina föräldrars ögon, om du kräver tillbaka presenterna? Hur jävla lågt du sjunker i min farsas ögon om …”

”Men det skiter jag i, Jonas”, säger du och avbryter. ”Jag har sjunkit lågt i mäns ögon förr, det är liksom inget nytt. Det kan jag ta.”

Jag bara reste mig och gick. Smällde igen dörren!

Klockan är prick elva dagen efter, jag ska precis iväg till universitetet, när telefonen ringer. Det är en av dina ångestvaktare, Veronika, och jag svarar stressat:

”Ja, det är Jonas?”

”Ja, hej Jonas, detta är Veronika hos Thora. Jag vill bara veta vad *fan* du håller på med?”

Och känslan just då. När jag känner mig otroligt skyldig de första sekunderna, utan att veta varför.

”Vad är det som har hänt, *vad menar du*?” säger jag helt andfådd.

”Thora säger att du har stulit pengar av henne! Så mycket som 5 000 kronor faktiskt!”

”Va?!” säger jag och liksom knuffas ut från kanten på den höga klippan. Jag bara störtar rakt ner, jag faller i flera sekunder.

”Visst var det så, Thora?” hör jag Veronika säga.

Och jag hör din instämmande röst där bredvid. Jag kan riktigt se framför mig hur du sitter i din fåtölj och lyssnar spänt. Hur du ser till att anklagelsen uttalas med den rätta attityden så att Jonas inte ska hinna tänka, nej, han ska bara chockas rakt av!

Veronika fortsätter och enligt dig har jag inte bara stulit en jävla massa pengar, för igår kom jag nämligen förbi och krävde ännu mer. Jag ska ha skrikit *"var i helvete är pengarna!"* och dessutom blivit våldsam! Jag smällde igen dörrar, jag välte ner saker, och det finns faktiskt vittnen till detta. En flicka som heter Lisa.

Det sista Veronika säger är att tavlorna måste lämnas tillbaka *snarast*, och att:

"Du ligger jävligt illa till nu Jonas, för Thoras revisor är inkopplad!"

OCH JAG SLUTAR DÄR. Därför att så slutar Jonas och Thora.

Slutet kom oväntat, men inte alls ovälkommet.

Senare noterade din revisor min lapp och jag gick fri från skuld.

Du fick tillbaka allt du hade krävt och jag såg dig aldrig mer igen.

Bara på bilder i tidningarna.

Men i början fick jag dig att skratta.

Att skratta med Jonas var overkligt himmelskt för dig, för du visste ju, att när du och jag skrattar tillsammans, *då är det ju kärlek*.

Måste det vara och Jonas kan aldrig förneka det.

Nej, det kunde jag inte